나의 친애하는 불면증

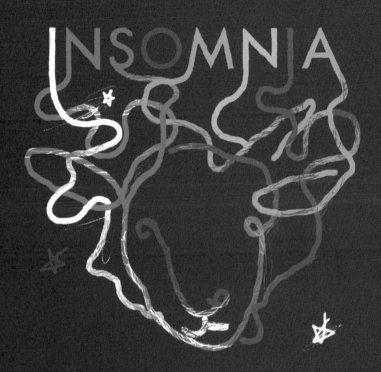

INSOMNIA

나의 친애하는 불면증

잠 못 이룬
날들에 대한
기록

마리나 벤저민 지음   김나연 옮김

마시멜로

잠꾸러기 쿨쿨이와
국경을 넘나드는 용감무쌍한 탐험가 찰리를 위하여

밤에 잠드는 이 누구인가? 잠든 자 아무도 없다.

요람 속 아이는 악을 쓴다.

노인은 그의 죽음 위에 앉아 있다.

그리고 아직 젊음이 남은 이는 연인에게 사랑을 속삭이며

연인의 입술에 숨을 불어넣으며

연인의 눈을 들여다보고 있다.

마리나 츠베타예바 Marina Tsvetaeva, 〈불면증 Insomnia〉

우리는 고통받을 때 가장 깊이 성찰한다

우리의 인생에 뜻밖의 고통이 찾아오는 건 대부분 통제할 수가 없다. 다만 그 문제에 내가 어떻게 대처할지에 대해서만 통제할 수 있다. 저자 마리나 벤저민은 오랜 기간 겪어온 불면증의 고통을 직시하고 받아들이면서, 그 제한적 상황에서 자신이 할 수 있는 모든 것을 시도하고 장렬하게 실패한다. 대신 불면증의 고통은 그를 성찰하고 사유하는 작가로 만들었다.

하얗게 지새우는 밤들 속에서 저자는 '의식의 흐름 기법' 문체로 때로는 한 마리 짐승처럼 통렬히 울부짖고 때로는 음유시인의 아름다운 이야기를 들려준다. 불면증을 둘러싼 문학, 철학, 사학, 정신분석학적 식견과 불면증이 한 개인에게 유발한 날것 그대로의 쓰라린 감각 사이에서 저자는 불안하게 휘청거리지만 동시에 완전한 각성 상태로 글을 써 내려간다. 이보다 더 생생하고 인간적인 고백이 있었을까.

임경선, 소설가 · 《가만히 부르는 이름》 저자

의식의 수면 위를 찰랑거리는 상념의 밤

그 언제보다 취약해지는 시간, 그 누구보다 나약해지는 시간, 불면의 시간이다. 잠들 수 없어 뜬눈으로 지새우는 가혹한 밤이 되면 온갖 단상이 머릿

속을 나고 든다. 잠들고자 하는 나와 잠들 수 없는 나는 동일인이 아닐지도 모른다는 생각, 내가 정의한 삶에 대한 사랑이란 깨어 있는 나에 대한 사랑에 불과했을지도 모른다는 생각. 분열되고 합쳐지기를 반복하는 지독한 밤의 마음을, 마리아 벤저민은 샅샅이 훑는다. 거기에는 유난히 크게 들리는 모깃소리가 있고, 낮에는 들리지 않는 심장 소리가 있고, 나의 수면일랑 아랑곳하지 않는 동거인이 있고, 이 모두를 괴로워하는 섬 같은 저자가—혹은 내가—있다. 하지만 거기에는 잠들 수 없는 상념이, 의식으로 나오기를 기다리고 있는 희망이 꿈틀대고 있기도 하다. 양쪽 모두를 바라보며 밤을 지새우는 것이 저자만은 아니리라.

김겨울, 작가 · 《책의 말들》 저자

불면증을 앓고 있는 사람이라면 잠을 이룰 수 없는 밤이 일상을 휘젓고 어그러뜨리는 과정을 겪어봤을 것이다. 마리나 벤저민은 숭고한 언어로 끝을 알 수 없는 밤과 충혈된 눈으로 맞이하는 아침, 이 기이한 결핍의 해부도를 그린다. 그의 작품을 읽다 보면 시인 앤 카슨Anne Carson의 아름답고 거칠고 뾰족하지만 정확한 언어가 떠오른다.

올리비아 랭 Olivia Laing, 비평가 · 《외로운 도시》 저자

《나의 친애하는 불면증》은 시간, 밤, 장기간 이어진 사랑의 복잡성에 대한 빼어난 명상집이자, 너그러우며 자극적이고 기민하게 깨어 있는 지성의 내면을 탐험하는 한 편의 시와 같다. 책을 손에서 놓을 수가 없었다. 이 책으로 내 내면의 세계는 한층 풍요로워졌다.

대니 샤피로 Dani Shapiro, 작가 · 《계속 쓰기》 저자

불면 상태에서 발견한 고통과 깨달음을 우아한 시선으로 바라본 작품이다. 흥미로우면서도 실존적인 마리나 벤저민의 《나의 친애하는 불면증》은 사라진 잠의 자취를 찾아가는 몽상적인 여정으로, 해박한 지식 위에 쌓아 올린 이 글의 정점은 다름 아닌 그의 아름다운 문장이다.

데버라 리비 Deborah Levy, 소설가 · 《알고 싶지 않은 것들》 저자

마리나 벤저민은 잠들 수 없어 깨어 있어야 하는 절망감을 감각적으로 써 내려간다. 의미 없이 이어지는 생각의 고리들, 어두운 밤 영롱하게 빛나는 의식들이 아름답게 묘사된 책이다.

〈뉴요커〉

열정적이면서도 우아한 회고록이다. 이 책은 명확한 치료 방법이 없는 질병을 내밀히 기록하는 것을 넘어 불면증이 지닌 모순적 잠재력을 칭송한다. 이 책에 따르면 불면증은 단순히 기저질환에 의한 증상이 아니다. 역사, 철학, 예술의 영역까지 아우르며 저자가 전달하고자 했던 건 불면증이야말로 창의성과 사랑을 새롭게 해석하게 해주는 존재론적 경험이란 것이다.

〈가디언〉

롤러코스터처럼 널뛰는 불면증 환자의 생각 열차를 따라 전개되는 이 책은 결코 논리적이거나 철저하지 않다. 하지만 그런 점이 전혀 눈에 띄지 않을 만큼 마리나 벤저민의 문장은 압도적인 세련미를 발산한다. 애쓰지 않고도

잠드는 강아지처럼, 자연스럽고 유려하게 흐르는 문장들은 홀로인 시간에 당신의 곁을 지키며 불면증을 견딜 힘을 줄 것이다.

〈LA 타임스〉

━━━━━

마리나 벤저민의 지성은 흡사 저인망 어선처럼 자신의 발아래에 있는 모든 지식을 그러모으고 나서야 다른 장소로 이동한다. 《나의 친애하는 불면증》은 잠을 이룰 수 없는 밤에 대한 한탄 섞인 기록이기도 하나 불면증의 잠재력과 아름다움에 관한 찬미로도 읽힌다. 문장 하나하나가 강렬한 이미지로 가득한 책이다.

〈NPR〉

━━━━━

마리나 벤저민은 점점 더 많은 사람이 앓고 있는 불면증을 본격적으로 다루었다. 그는 불면증도 나름의 쓸모가 있어 창의적인 생각을 담는 그릇의 역할을 할 수 있음을, 잠을 잘 수 없을 때 우리가 무의식에 대한 소중한 통찰을 얻을 수 있음을 세밀하게 묘사한다. 오디세우스를 위해 옷을 짓는 페넬로페에서부터 현대 여성들을 잠 못 이루게 하는 다양한 스트레스 요인까지, 이 책이 여성과 수면의 관계에 주목한다는 것도 흥미로운 지점이다.

〈위민닷컴Women.com〉

나의 친애하는 불면증

○

차례

○

1장

○

종종 머리맡에서 추 흔들리는 소리가 들린다. 모골이 송연해지는 바람이 목덜미를 스쳐 지나가 털이 바짝 서고 피부가 차갑게 식을 때도 있다. 때로는 깃털처럼 가벼운 바람이 팔등을 쓸고 지나간다. 갑자기 몸 한구석이 움찔거리거나 눈이 껌뻑거리거나 몸이 벌떡 솟는 듯한 느낌이 들면, 그것이 찾아온 것이다. 아마 당신도 무엇인지 알고 있으리라.

만약 무언가를 정의할 때 그 대상이 우리에게서 앗아가

는 것만 보고 규정하려고 한다면, 빼앗겼던 것을 되찾았을 때는 그 대상의 본질을 무엇으로 파악할 수 있을까? 또한 그 대상이 우리에게 조금이라도 득이 될지 아닐지 어떻게 판단할 수 있을까? 불면증Insomnia을 정의하려다 보면 이런 난관에 봉착한다.

뜬눈으로 보내는 밤, 세상은 다른 모습을 보여준다. 밤의 세상은 더 좁고 고요하며 나는 그 세계 속에서 보이는 어둠의 결에 조금씩 집중하기 시작한다. 깊은 밤하늘에 드리운 먹구름처럼 부드럽게 내려앉은 어둠은 점점 짙어지며 감각을 마비시킨다. 습기로 가득한 공기에서는 짙은 녹색 팅크tincture(동식물에서 얻은 약물이나 화학 물질을 에탄올 또는 에탄올과 정제수의 혼합액으로 흘러나오게 해서 만든 액제液劑-옮긴이) 냄새가 풍긴다. 그리고 부드럽게 다가오며 새벽을 알리는 반영半影은 빛의 흔적이라기보다는 인지의 모서리가 희미해지는 광경에 더 가깝다. 마치 검안의가 초점이 맞지 않는 안경을 씌워주며 앞에 보이는 흐릿한 물체가 무엇인지 물어볼 때처럼. 불면의 시간을 보내며 나는 아직 어둠이란 것이 베일에 가려져 있어 제대로 분류되지 못했으며, 만일 이를 연구해본다면 밤이라는 대상을 더 잘 이해할 수 있으리라는 결론에 다다랐다.

불면의 삶 속에서 나는 그곳에 있지도, 없지도 않은 망령이 되어 무거운 발을 끌고 이 방 저 방을 무기력하게 돌아다닌다. 한 시간 정도는 책을 읽기도 하고 차를 마시기도 하며 개와 함께 소파에 앉아 있곤 한다. 우리는 소처럼 큰 눈망울로 서로를 바라보는데, 나를 응시하다 이내 잠이 드는 개의 동물적 능력은 감탄스러울 뿐이다. 개는 내 곁에서 몸을 웅크리고 누워 금세 곯아떨어진다. 그리고 백파이프 bagpipe(유럽 민속 악기의 하나로, 가죽 주머니에 몇 개의 파이프를 달아 연주하는 관악기-옮긴이)처럼 사지를 늘어뜨린 채 조그맣고 따스한 몸을 들썩인다. 내가 조금이라도 움찔거리면 바로 잠에서 깨면서도 딱히 놀라는 눈치는 아니다. 그저 고개를 들어 촉촉하게 젖은 갈색 눈동자로 나를 바라보며 무슨 일이 일어난 것은 아닌지 궁금해할 뿐이다.

이런 밤이면 나는 다음 날 아침에 간밤의 일을 기억할

수 있도록 여기저기 증거를 늘어놓는다. 마치 파티에서 돌아온 뒤 아무렇게나 내팽개친 구두처럼 커피 테이블에는 독서용 안경이 뒤집혀 있고 의자에는 읽다 만 책이 엎어져 있으며 주방 카운터에는 음식 부스러기가 떨어져 있다. 나는 피곤해 축 늘어진 채로 탁한 빛이 드리워진 거실 가운데에 서서 나이트가운을 추스른다. 전날 밤 있었던 일을 재구성해보려고 단서들을 끼워 맞춰보지만 아무래도 오리무중이다. 아침 집 안 풍경이 범죄 현장처럼 보이기 시작한다. 이 미장센에서 빠진 게 있다면 바닥에 있어야 할 시체 표시선이다. 자야 할 시간에 잠을 이룰 수 없던 그 시체는, 사라지고 없다.

모든 것이 붕 뜬 듯한 기분에 마음이 초조해지고 머리가 어지러워 화들짝 깨는, 달빛이 눈부시게 비치는 끔찍한 밤도 있다. 진을 빼는 광기에 휩싸인 채 나는 삐걱거리는 계단을 내려와 컴퓨터를 켜고 스크롤을 움직여 아직 해가 밝은 타국에서 날아든 비보를 찾아본다. 폭파 사건, 충돌 사고, 홍수, 화재, 테러 공격. 참담하고도 일상적인 재난들. 나는 감정이 격해져 바보 같은 뉴스를 욕한다. 여전히 밤의 손아귀에서 벗어나지 못한 기분이 든다. 하지만 곧 우리라는 아름다운 존재의 미스터리를 풀어줄 열쇠는 가장 추한 곳에 숨어 있을지 모른다고 믿으며 밤새 기사를 훑는다. 내게 통찰력을 줄, 이 밤의 국경을 넘어 아침에 가닿을 수 있도록 도와줄 소중한 단서를 찾기 위해.

딸아이가 훌라후프를 돌리던 장면, 밴드 어스 윈드 앤드 파이어Earth, Wind & Fire가 "아-리-아-리-아"라고 노래하는 장면, 버림받을 것 같다는 불길한 예감에 휩싸이면서 나는 사랑받을 자격이 없는 존재인가 의구심을 품던 순간 같은 기억들이 불현듯 두서없이 스쳐 지나간다. 이런 기억의 회전목마 속에 과연 숨은 가치가 있다는 것인가?

불면증. 명사. 습관성 불면 또는 잠을 이루지 못하는 상태. 불면증이란 단어는 수면의 부재를 뜻하는 라틴어 '인섬니스insomnis'에서 유래했다. 고대 그리스 시대 불면에 시달리던 사람들은 당시 해몽가였던 달디스의 아르테미도로스Artemidorus of Daldis에게 고통을 호소했다. 2세기에 아르테미도로스는 저서 《꿈의 열쇠》에서 꿈을 두 가지로 분류했다. 하나는 삶의 경험이나 개인의 욕망이라는 원료가 기호의 형태로 나타나는 소멸성 꿈이고, 다른 하나는 신이 우리에게 내려주는 예지몽이다. 그리스인은 불면 상태에 다른 이름을 붙였다. 바로 '아그립노틱agrypnotic'이다. 아그립노틱은 각성 상태를 뜻하는 아그루포스agrupos('쫓다'라는 의미의 아그레인agrein에서 기원했다)와 잠을 뜻하는 힙노스hypnos(그리스 신화에 등장하는 수면의 신 이름이기도 하다-옮긴이)의 합성어다. 그렇다면 불면증은 단순히 잠을 이루지 못하는 상태가 아니라 부재하는 무언가를 쫓는 추적의 문제가 된다. 불면증은 사라진 잠을 적극적으로 추구하는 행위를 수반한다. 다시 말해서 불면증은 갈망의 상태다.

나는 무엇을 갈망하는가? 낮에는 떠오르지 않는 질문이라 한밤중에야 자문해본다. 마음이 어지러운 밤이면 이 갈망은 너무나 깊고 강력하게 그리고 노골적으로 제 모습을 드러내면서 온 세상을 집어삼킬 것만 같다. 갈망의 정체를 제대로 이해할 수 없어 이렇게밖에는 표현할 수 없다. 나는 블랙홀, 탐욕스러운 갈망으로 모든 물질을 집어삼키는 구멍이다. 잠을 이루지 못한다는 것은 욕망하는 일이자 욕망에 사로잡힌 자신을 발견하는 일이다.

나는 그리스 신들 가운데서도 가장 몽환적이며 선량한 힙노스가 내 몸 위로 붉은 양귀비를 흩뿌리길, 그리하여 의식 없이 달콤한 잠에 취하기를 바란다. 힙노스가 신이라는 걸 보면 잠이란 하늘로부터 내려오는 은총이다. 글자 그대로, 신이 내려주는 선물이다.

욕망이란(고맙게도 자크 라캉Jacques Lacan이 알려준 바와 같이) 결핍에서 비롯되는 것이기에 잠을 이룰 수 없게 되면 잠과 사랑에 빠진다. 어쩌면 결핍의 정도와 그에 돌아오는 사랑의 크기는 반비례 관계일지도 모른다. 나는 잠을 얼마나 사랑하는지 궁금하다. 그렇다면 잠도 나를 사랑해줄까? 중세 이슬람 시인 루미Rumi는 이 관계가 상호적이라고 생각했던 것 같다. 시 〈천년의 은하수The Milk of Millennia〉에서 루미는 "모든 인간은 밤이면 어디에도 없는 사랑에게로 흘러간다"고 적었다. 루미의 시를 읽으면 우리도 밤마다 액체 결정(이나 컴퓨터 데이터)처럼 침실의 벽 너머 어디론가 유영하는 것 같아 안심이 된다. 마치 우리의 육신이 깰 수 없는 잠에 들면 우리의 아바타가 다른 이들의 아바타와 대열을 지어 날아올랐던 것처럼. 그 어디에서도 사랑을 찾을 수 없다는 사실에 안심이 된다. 물론 속력을 높여 밤의 시간을 달리고 있을 때는 '어디에도 없는' 그곳이 딱히 사랑스럽게 느껴지지는 않는다.

요즘 나에게 황금 시간대는 새벽 4시 15분이다. 아침도 밤도 아닌 경계의 시간. 새벽 4시 15분이 되면 새들이 지저귀고 여우가 울부짖는다. 때로는 히스로 공항에 이착륙하는 비행기들이 육중한 몸체를 덜컹거리며 머리 위로 날아가는 소리도 들을 수 있다. 이 시간대의 어둠은 이전만큼 순결무구하지 않다. 밤의 가장자리에는 작은 구멍들이 송송 뚫려 있다. 나는 침대에 누워 그물에 걸린 물고기처럼 몸을 뒤척인다. 어둠이 항복하고 퇴각하려는 모습에 점점 초조해진다(밤이 후퇴하지 않았으면 좋겠다. 밤이 머무르는 동안에만 잠들 수 있으니 밤이 끝나지 않기를 바란다). 나는 잠시도 한 자세를 유지할 수가 없어 모든 자세를 차례대로 취해본다. 이완된 상태를 상상할 때 떠오르는 모든 자세를 구현하는 것이다. 널빤지처럼 곧게 누웠다가 태아처럼 웅크리기도 하고, 하늘에서 떨어진 사람처럼 매트리스에 배를 대고 엎드리기도 한다. 어떤 밤에는 자기계발서 속 생경한 레퍼토리를 샅샅이 훑어보기도 한다. 나는 요가 수행자처럼 갈비뼈 아래에 있는 차크라chakra(산스크리트어로 '바퀴', '순환'이라는 뜻으로 인체의 여러 곳에 존재하는 정신적 힘의 중심점을 이르는 말—옮긴이)를 주먹으로 눌러 내리며 깊고 느리게 숨을 쉬어본다. 조바심으로 맥박이 빨라지면 산이나 물가, 폭신한 양을 상상하며 초조한 마음을 가라앉히고 요동치는 맥박을 진정시키려 노력한다. 그러면서 "나는 무겁다. 나는 무겁다. 나는 무겁다"라고 되뇐다. 그렇게 잠을 좇는 데 너무 열중한 나머지 더 활동적인 상태가 된다.

매 순간 나는 곁에서 숙면하고 있는 존재를 의식한다. 이불을 덮어쓴 채 미동조차 없는 모습이 흡사 암반층이 켜켜이 포개져, 하늘 높이 솟은 언덕 같기도 하다. 바위처럼 든든한 존재이자 곁에 머무르고 싶은 이 덩어리는 나의 맞은편에 그림자처럼 누워 있다. 나는 그가 움직일 기미를 보일까 어둠 속에서 안간힘을 쓰며 노려본다. 여기 잠든 이 형상을 '쿨쿨이'라 부르기로 하자. 쿨쿨이도 나만큼이나 곤죽이 되도록 지쳤다는 것을 알기에 절대 깨우고 싶지 않다. 설사 내가 몸을 뒤척이다 쿨쿨이를 깨우기라도 하면 쿨쿨이는 그르렁거리며 자세를 바꾼다. 쿨쿨이는 은신처에 숨어 있다 무언가가 눈앞에 나타나면 묵직한 발을 뻗어 냅다 후려치는 커다란 고양이처럼 종종 잠결에 갑자기 팔을 휘두른다. 그의 주변에 형성된 수면의 장을 교란하기라도 했다가는 아마도 나만 화를 입을 것이다.

나와 쿨쿨이, 우리 둘은 지금까지 다양한 침대에서 동침했다. 비단처럼 부드러운 시트가 깔려 있고 과하게 많은 베개가 놓인 호텔 침대, 매트리스가 하도 낡은 탓에 나중엔 둘 다 푹 꺼진 한가운데로 굴러들었던 침대, 팝콘을 준비해놓고 눈을 가린 손 틈새로 무서운 영화를 보던 싸구려 플랫flat(원룸 형태의 집-옮긴이)의 한구석에 있던 스프링이 고장 난 침대까지. 동침의 역사를 쌓는 동안 우리는 특이한 침대도 써봤고 편리한 침대도 써봤다. 한번은 먼 길을 왔다며 우리를 따뜻하게 맞아준 친척 집에서 접으면 소파가 되는 접이식 침대를 내주었다. 접이식 소파 침대가 없는 친척 집에 가면 트윈 베드를 마련해주었다. 트윈 베드에서 잠드는 날에는 침대 사이에 생긴 공간 덕분에 금욕의 밤을 보내야 했고, 그 상황이 웃겨 밤새 키득거리기도 했다. 최신 매트리스(특히 정형외과에서 개발해 허리에 좋다던 침대는 지금 생각해보면 감옥에서나 써야 할 침대였다)를 구매했다가 후회한 적도 있었고, 인터넷에서 발견하고 군침을 흘렸으나 메모리폼으로 만들어진 탓에 너무 비싸 사지 못한 적도 있었다. 우리는 함께한 세월 동안, 대륙을 넘나들며 기분이 좋을 때나 나쁠 때나 셀 수 없을 정도로 많은 침대를 공유했고, 밤이 오면 낮과는 대조되는 방식으로,

우리만의 암호로 여전히 교감을 이어간다.

누군가와 침대를 함께 쓴다는 것은 몸짓과 공간이라는 언어로 대화를 나누는 것과 같다.

정말이지 쿨쿨이와 내가 나눈 몸의 대화도 반짝이던 때가 있었다. 연애 초기 이탈리아에서의 시간이 그러했다. 나는 6주 과정 문예창작 펠로십에 합격했고, 우리는 여기에 휴가 날짜를 합쳐 밀라노와 베네치아가 있는 이탈리아 북부에서 플로렌스를 거쳐 로마까지 기차를 타고 여행했다. 쿨쿨이도 나도, 이탈리아의 골든 시티를 본 건 처음이었다. 우리는 매일 발이 아프도록 오래된 골목들을 헤매고 다녔고, 작열하는 태양 아래서 눈을 잔뜩 찌푸린 채 건축학적 걸작과 졸작을 관람했다. 작은 별 모양이나 돼지 꼬리, 동전 지갑 모양을 한 낯선 이름의 파스타를 흡입하기도 했고, 책에서 본 예술 작품을 찾겠다며 교회를 들락거리기도 했다. 관광을 마친 후엔 좁은 골목을 거슬러 올라 우리의 펜지오네pensione(식사를 제공하는 하숙집 또는 셋방–

옮긴이)로 돌아갔고, 매일 낮잠을 잤다. 소화하기 힘들 정도로 많은 예술품과 아이스크림, 경이로움에 취했던 우리는 서로의 팔과 다리로 깍지를 낀 채 같은 박자에 숨을 쉬며 이마를 맞대고 잠들었고, 잠에서 깨면 몽롱한 섹스를 했다. 그토록 반짝거리던 몸의 대화였건만 세월 앞에는 장사가 없다.

누군가와 자는 데 반드시 침대가 필요한 것은 아니다. 하지만 쿨쿨이와 처음으로 한 침대에 누웠던 날, 나는 불면증을 앓고 있었다. 쿨쿨이에게 "오늘 내가 운이 좋으면 잠을 잘 수 있을지도 모르니 당장 일어나 집으로 돌아가"라고 말하고 싶었지만 그 마음만은 꾹꾹 억눌렀다. 그렇게 말했다가 남자 친구(들)와 헤어진 적이 있기 때문이다. 물론 그 말 이외에도 다른 이유가 있었겠지만.

불면증은 여행처럼 자신이 뿌리내렸던 곳과 이별하는 경험이다. 처음 뿌리를 내렸던 토양에서 뽑혀 나온 식물처럼 잠으로부터 멀어지고, 남아 있는 잠의 잔재가 떨어져

나갈 때까지 탈탈 털린다. 혼란의 뿌리가 말초신경처럼 외부로 드러난다. 잠이란 궁극적으로는 중력과 결부되어 발생하는 문제다. 잠은 당신을 대지로 끌어당겨 그곳에 눕히고 땅에 파묻는다. 잠든 시간 동안 당신은 다시 회복할 수 있도록 당신에게 휴식처와 자양분을 제공하는 터전과 재결합한다.

애리조나대학교 통합의료센터University of Arizona's Center for Integrative Medicine의 심리학자 루빈 나이먼Rubin Naiman은 수면 보조용품을 찾는 사람들은 주로 젤로 만든 안대나 무거운 담요를 사용한다고 말한다. 불면증에 수반되는 각성 상태를 상쇄하기 위해 안대나 이불로 자신을 꽁꽁 싸맨다는 것이다. 언젠가 10대인 딸이 잠들 수 없어 힘들어할 때 중력감을 느끼려고 자기 머리 위에 베개 탑을 쌓는 걸 본 적이 있다. 나이먼은 "구름 위에 누운 듯 푹신한 느낌은 중요하지 않다. 핵심은 바위처럼 묵직하고 단단하게 잠드는 것"이라고 지적한다.

잠을 잘 자려면 몸이 단단히 고정되어야 한다. 이것은

시대를 초월한 교훈이다. 화단에 파묻힌 식물처럼 몸은 고정되어야 하고 (자는 동안 시간은 흐르지 않기 때문에) 시간의 강바닥으로 가라앉아야만 한다. 메리 올리버Mary Oliver는 시 〈숲에서 잠이 들어Sleeping in the Forest〉에서 축축하게 이끼가 낀 숲에서 강바닥에 놓인 돌멩이처럼 깊이 잠들면 어머니의 품에 안길 때처럼 경이로운 대지의 포옹을 느낄 수 있다고 적었다. 그렇게 잠들 수 있는 사람이 있다면 힙노스조차 자랑스러워할 것이다. 단순히 잠에 취한 것이 아니라 완벽하게 의식을 잃은 수면.

불면증에 사로잡히면 나는 슬픔을 가누지 못하는 사람이 된다. 웃음기라고는 찾아볼 수 없다. 그저 몸을 뒤척이며 느끼는 육체적 불편함의 문제가 아니다. 그렇다고 그저 물 밖으로 나온 물고기나 뿌리가 뽑힌 식물이 느낄 법한 존재론적 불안감도 아닌 것이, 불면증은 감정뿐 아니라 온도의 문제도 되기 때문이다. 내 몸 안의 열세포 발전기에서 솟아오르는 화기로 녹초가 되는 밤이면 피부는 따갑고 몸에서는 열파가 뿜어져 나와 침대 시트가 땀으로 축축하게 젖는다. 누가 불이라도 켠다면 나는 땀에 젖어 번들거리고 있을 것이다. 머리부터 발끝까지 온몸에 랩을 두른 듯 번들거리며 경고등처럼 붉게 타오르고 있을 것이다.

고대 의사가 나를 봤다면 다혈질 환자로 진단했을 확률이 높다. 다혈질인 사람들은 기본적으로 열이 많고 건조하다는 특징이 있으며 이 때문에 황담즙이라는 체액이 발생한다. 다혈질인 사람은 식욕도 왕성하다. 나 역시 그렇다. 이들은 극심한 허기에 시달릴 때가 많다. 그렇다. 마르고 단단한 체형이며 핏줄과 근육이 도드라진다. 그렇다. 신진대사가 빠르고 이화 작용이 활발해서 다량의 열을 배출한다. 소변마저 타는 듯이 뜨거울 때가 있다. 쉽게 화를 내며 성미가 급하고 신경질적이지만 용감하고 대담하다. 그렇다. 앞에 나서길 좋아하며 새롭고 짜릿한 경험을 찾아다니는 선구자이자 개인주의자다. 그렇다. 대변이 황담즙처럼 누리끼리한 색을 띠며 냄새도 지독한 편이고 특히 잠을 잘 이루지 못한다. 그렇다. 이들은 소화불량과 스트레스로 고통받거나 악몽에 시달리느라 밤이면 쉬이 잠들지 못한다.

몸에서 나는 열도 열이지만 불면증에 걸렸을 때 정말 불이 붙는 것은 주로 나의 뇌다. 불타오르는 뇌가 어떤 모습인지 아는가? 그 모습은 마치 아스팔트를 찢을 듯이 달리는 포뮬러 원Formula One 카레이서 같다. 무리와 함께 쏜살같이 헤엄쳐 나가며 쉴 새 없이 방향을 바꾸는 반짝이는 물고기 떼 같다. 배출구로 끈적이는 주스를 질질 흘리며 제멋대로 방 안을 휘젓고 다니는 진공청소기 같다. 내가 겪는 불면증은 이런 느낌일 때가 많은데, 다만 강도가 최대다. 손가락으로 어디 한 곳만 집중적으로 긁는 것처럼 단 한 가지 생각이 나를 집요하게 쑤셔대는 것이 아니다. 마치 내 머릿속에 있는 모든 전등이 일제히 켜지면서 엔진이 가동되고, 메시지가 날아들며, 수상돌기가 꽃을 피우고, 시냅스가 뇌 전체로 전기신호를 쏘는 것만 같다. 그리고 뇌는 심해에서 자유롭게 유영하는 야광 해파리처럼 각성한 상태로 빛을 발하며 살아 움직인다.

마르셀 프루스트Marcel Proust의 《잃어버린 시간을 찾아서》1권에서 마르셀은 의식이 온전한 상태에서 다른 사람의 백일몽 속으로 떨어진 것처럼 느껴져 혼란스러웠던 불면의 날들을 곱씹는다. 혼란에 빠진 그는 현재 본인의 인생을 담은 책을 읽고 있는 것이며 스스로에 대해 품고 있는 생각들 역시 책에서 획득한 간접 경험이라고 상상한다. 하지만 곧 그는 자신이 책 속이 아니라 이불 속에 있으며 상상과 회상을 구분할 수 없다는 것을 깨닫는다. 그런 상태에서 그는 아무리 갈망해도 경험할 수 없는 이상적인 불면증에 대해 상상한다. 한밤중 다시 평온하게 잠들기 전까지 그를 에워싼 순수한 어둠을 제대로 감상할 수 있을 정도로만 깨어 있는 상태.

나는 감각이 단절된 상태에서 과민한 뇌가 생각의 꼬리에 꼬리를 이으려 애쓰는 걸 어찌해야 할지 몰라 괴롭다.

사람의 뇌가 컴퓨터와 다르다는 것은 알지만 뜬눈으로 지새우는 밤, 뇌 속에서 펼쳐지는 일들은 꼭 전자 기기가 작동하는 모습 같아 뇌를 컴퓨터에 비유하지 않을 수가 없다. 예컨대 이미 뇌 속 전원 스위치가 켜져 다시 잠들기 어려운 밤이면, 명령체계의 최하단에 위치하며 신체의 모든 기관들이 연결되어 있는 엔진룸에서 장시간 분주하게 시스템 스캔 작업을 실행하는 것이 느껴진다. 다행히도 각성 상태인 덕분에 뇌 속 시스템이 작동하는 방식을 들여다볼 기회가 생겼다. 뇌라는 생체 알고리즘은 침착하면서도 체계적으로 나의 두뇌 활동 파일이 모여 있는 창고를 뒤적여 미처 결합되지 못한 생각의 파편을 찾아낸 다음, 그것들을 이어 붙이려 안간힘을 쓴다. 결합 과정이 끝나면 이번엔 생성된 파일들을 스캔하며 쓸데없이 반복 재생되거나 중복되는 것들은 없는지 확인한다. 중복 파일이나 디스크 조각은 삭제 대상 쓰레기로 분류된다. 절반만 생성된 메모리나 비논리적 추론값, 쓸모없는 관념 그리고 나선으로 꼬인 채 어떤 성과도 내지 못한 개념까지, 모두 무용하다고 판별된다.

이처럼 머릿속에서 분류와 제거 작업이 이루어지고 있음을 알고 있는데도 왜 나는 아침에 일어나 머리가 개운

하다고 느낀 적이 단 한 번도 없을까?

어느 밤에는 잠에서 깨, 내가 여행지에서 주문한 책을 배송해주지 않은 지구 반대편의 택배 회사에 보낼 편지를 머릿속에 적어보기도 했다. 택배사는 외국인 여행객인 내게 현지인인 택배 기사가 송장에 적힌 수신지를 찾지 못했다는 내용의 이메일을 보내왔다. 이에 나는 수면 부족에 시달리는 편집광의 조용한 분노를 담은 편지를 구상한다. 현지인도 아니며 방문객에 불과한 데다 길치인 나도 잘만 찾은 숙소를 어째서 그곳 현지인인 택배 기사가 찾지 못해 애를 먹었다는 것인지 따져 묻는다. 다른 택배사는 귀사와 달리 내가 머물고 있던 곳까지 무사히 책을 배달해주었다는 사실도 전한다. 당시 나는 출판인, 작가, 서점 직원들로 북적이는 숙소에 머물고 있었고 그들 모두 멀쩡하게 서적 배송 서비스를 이용하고 있었다는 사실, 숙소 복도에 하얀 택배 봉투가 쌓이면 도대체 내 책은 언제쯤 오려나 궁금해하며 매일 택배 더미를 뒤져보았다는 점도 통고한다. 항변이 확고해질수록 편지에 덧붙일 말이 계속 떠오른다. 내가 주문했던 책은 중고로 구하기도 어렵거니와 내 연구에 매우 중요한 자료였다는 점을 명확히 밝힌다. 나는 당신네 회사를 믿었다고! 하지만 여행을 마치고 집으로 돌아오고 며칠이 지나서야 택배사 측에서 최후의 수단으로 보낸 긴급 통지서가 도착했다. 숙소에서 책이 도착하기만을 고대하며 뜬눈으로 수많은 날을 보내는 동안 진작 택배사에 연락할 생각을 하지 못했다는 점은 무시해주기를 바란다.

나중에 든 생각인데, 한 가지 고민해봐야 할 문제가 있다. 내가 책을 받지 못한 이유보다 더 중대한 문제다. 깨어 있는 시간 동안 우리의 무의식이 무엇을 필요로 하는지 제대로 파악하지 못하면 어찌해야 하느냐는 것이다.

요즘 나는 귀마개로 새소리를 차단할 수 있는지 실험 중이지만(새들의 지저귐 덕분에 길거리 축제 소음이 감히 창턱을 넘지 못하고 있다는 사실은 고맙다) 귀마개를 껴보니 새소리 너머에는 기이한 메아리가 울리고 침묵이 묵직하게 공간을 메우는 내면의 세계가 있었다. 내면의 음역에 귀를 기울이면 흉곽 안에서 심장이 둔탁하게 뛰는 소리를 들을 수도 있고, 가끔은 체액이 빠르게 흐르며 내는 거친 바람 소리나 달팽이관 안에서 공기가 회오리치는 소리도 들을 수 있다. (이런 이야기에 관심을 가질 사람은 없겠지만) 이 소리는 실재한다기보다 우리의 오감이 어떤 착각을 일으키는 것인지도 모른다. 또는 우리 안의 공허를 어떤 것으로든 채우기 위해 고안된 방법일 수도 있다. 어떤 원리로 몸속의 소리가 들려오는 것인지는 몰라도, 이런 소리 덕분에 불면증 환자의 감각 세계를 엿볼 수 있다.

난청 유전자를 물려받은 데다 특히 낮에 소리를 잘 듣지 못해 애를 먹으면서 막상 해가 지면 밤이 내는 소리에 공격당한다고 느낀다니 이상한 일이다. 밤에는 새소리가 정신 사납게 울리는 핸드폰 소리처럼 들린다. 라디에이터 파이프는 어디가 막히기라도 한 듯 캑캑거린다. 어디인지 감조차 잡히지 않는 곳에서 물줄기 흐르는 소리가 들려온다. 생쥐 또는 그보다 더 큰 무언가가 얇은 벽 사이에서 집을 짓느라 발을 구르는 소리며 벽 긁는 소리도 들린다. 이렇게 소리에 대해 새롭게 배워나가는 과정이 생경하다. 앞으로 꾸준히 청력이 감퇴하면 언젠가 밤이 연주하는 오케스트라를 고대하며 기다리는 날도 오지 않을까 궁금하다.

거만했던 아버지는 나이 들수록 난청이 심해졌으면서도 보청기는 단박에 거절했다. 자신의 결함을 드러내 보인다는 생각에 보청기를 끔찍한 물건으로 여겼다. 보청기에 대한 아버지의 혐오는 넓게 보면 세상에 대한 거부이기도 했다. 아버지는 눈앞에 있는 실제 세계보다 스스로의 내면에 존재하는 프로젝터가 보여주는 이미지 속 세상을 선호했고, 청각도 외부에서 들려오는 소리보다 머릿속에서 가해지는 기압에 집중했다. 아버지는 끊임없이 백일몽을 꾸는 사람이었다. 이제 80대 중반이 된 어머니는 아버지보다 훨씬 심각한 청각장애를 앓았다. 최근 어머니는 거금을 들여 귓바퀴 안쪽에 거는 독특한 모양의 보청기를 구매했는데, 눈썰미가 아주 좋은 사람이 아니라면 눈치챌 수 없을 정도로 감쪽같다. 흡사 스파이 장비처럼도 보이는 보청기의 플라스틱 껍데기에는 작은 구멍이 뚫려 있고 구멍 밖으로 안테나 두 개가 솟아 있다. 그 보청기는 무엇보다 소음을 기가 막히게 잡아낸다. 나는 소리가 사라진 세계를 헤쳐 나가는 두 사람의 방식이 이토록 극명하게 다르다는 점에 놀라곤 한다. 아버지는 청력을 잃는 것이 당신에게 이로운 일이라고 판단했고, 어머니는 백색 소음이라도 듣는 편에 섰다. 감각으로 느끼는 각종 소리에 압도당한 어머니는 진동하는 백색 소음의 세계에서 자신을 잃는 쪽을 택했고, 그런 청각 경험을 통해 '의미' 대신 '존재함'에 집중하는 법을 배웠다.

나라면 적당히 들느니 차라리 아무것도 듣지 못하는 쪽을 택할 것이다. 사실 한편으로는 귀마개 덕분에 특정 감각이 마비된 상태를 즐기게 되었다. 새소리가 잦아들자 내면의 우주가 내는 소리에 집중하게 되었고 어둠에 더 집중하기 위해 외부 세계를 차단하게 되었다.

쿨쿨이는 나보다 먼저 그 경지에 다다랐다. 유전적으로

한쪽 귀가 들리지 않는 그는 모든 소리를 모노톤으로 듣는다. 충돌 시 발생하는 굉음, 무언가 긁으며 끽끽거리는 소리, 줄을 퉁기는 소리, 웃음소리, 고함, 한밤중에 두 블록 너머에서 들려오는 파티 음악의 베이스 소리까지, 모든 소리가 뾰족하고 날카로운 하나의 바늘로 변해 쿨쿨이의 고막을 찌른다. 모노톤 소리는 방향성이 없다. 서라운드 사운드 시스템의 세상에서 들려오는 모든 소리가 아직 청력이 남아 있는 쿨쿨이의 한쪽 귀에는 폭격인 셈이다. 갑자기 큰 소리가 난다거나 예상치 못한 소리가 끼어들 때면 쿨쿨이는 당황하며 방어적으로 변한다. 자동차 문이 닫히는 소리를 도둑이라고 착각하거나, 길가에서 병이 깨지면 누군가 바리케이드를 넘어 우리 집에 무단침입하려 했다고 오해하기도 한다. 내겐 그저 조금 큰 소리가 쿨쿨이에게는 견디지 못할 정도의 소음으로 종일 그를 괴롭히니, 밤이 오면 쿨쿨이가 안쓰럽다. 한편 낮에는 그렇게까지 안쓰럽지 않은 것이, 비록 반쪽만 먹통이라고 할지라도 소리를 잘 듣지 못하는 덕분에 내게는 금기와 같은 낮

잠이 쿨쿨이에게는 허락되기 때문이다.

하지만 잠이 들 때처럼, 소리를 들을 수 없다는 것은 우리의 무의식이 무엇을 원하는지 들어볼 기회다.

　베네치아의 구겐하임 미술관에 걸린 벨기에의 초현실주의 화가 르네 마그리트René Magritte의 그림은 유독 나의 심리 상태와 통하는 바가 있다. 그림 속 대저택은 램프를 밝히고 있지만 어둠 속에서 잎이 무성한 나무에 가려져 집 일부만 그 모습을 드러내고 있다. 2층에 난 창문 두 개는 은은하게 빛나는 눈동자처럼 따스한 빛을 뿜어 방 안의 평온한 광경을 상상하게 만든다. 잠들기 전 장난치는 아이들이나 세면대 앞에 선 우아한 여자, 작품이 그려진 시대에 걸맞게 스모킹 재킷을 입고 여유롭게 담배 한 모금을 즐기는 중성적인 인물의 모습까지. 처음 이 작품을 볼 땐 그림에 어색한 구석이 있다는 것을 눈치채지 못한다. 하지만 서서히 인지부조화가 일어나며 이질감을 느끼고, 칠흑처럼 어두운 나무 위로 펼쳐진 푸른 하늘과 양털

구름, 일광을 발견하게 된다. 즉 이 그림은 명과 암의 대비가 극명하다.

마그리트의 〈빛의 제국Empire of Light〉은 같은 제목의 그림이 두 점 더 있는데, 세 작품 모두 우리의 일상을 구성하는 원칙(밤과 낮의 범주적 경계)을 근본적으로 와해시키기 때문에 그림 앞에 선 관람객을 대단히 불안하게 만든다. 각각의 작품은 낮과 밤이 극명하게 교차하는 장면을 담고 있다. 그림을 구성하고 있는 모든 것이 자연스럽지 않다. 보통 선명함을 상징하는 일광이 마그리트의 그림에서는 어둠과 연관되는 혼란이나 질병을 일으키는 존재로 등장하고, 밤이 찾아오지 않는 하늘은 그 아래로 펼쳐진 세상에 더욱 짙은 그림자를 드리운다. 이처럼 선명하고 기묘한 대비는 그림 속 세계, 그중에서도 집이자 피난처를 상징하는 저택을 의문의 공간으로 변모시킨다.

나는 내 집이라고 부를 수 있는 공간이 생길 때마다 내 몸이 집 구석구석을 누비며 지도를 그리는 것처럼 느껴졌다. 마치 점을 잇는 연습을 하며 투사 기법을 익힐 때처럼 내 몸이 기하학적인 선을 그려나가는 것 같았다. 집은 내 자의식과 많이 닮아 있다. 비밀스러운 공간과 빛이 스며드는 틈이 있고, 공간은 기능에 따라 구획되어 있으며 공간을 가르는 경계선은 때로는 개방되고 때로는 폐쇄된다. 공적이면서도 사적이고, 다층적이며 다양한 방으로 이루어진 진입과 퇴장의 공간. 살림을 꾸린다는 표현은 우리가 집이라는 공간을 안팎으로 유영하는 느낌, 자아와 타자가 함께 녹아드는 과정을 일컫는 것일지도 모른다.

불면증을 앓을 때 나는 공간에 대한 거주권에 더욱 집착한다. 내가 차지하고 있는 영토 위를 어슬렁거리며 나의 육체와 집이라는 공간 사이에서 벌어지는 모든 상호작용의 지도를 그려본다. 하지만 정해진 계약 기간 동안은 이 집이 나의 공간이라는 정서적 감각에도 만료일이 찾아오듯 내 육체와 공간이 그린 지도 역시 증발해버릴 수 있다. 그런 순간이 찾아오면 나는 익숙한 주변 환경과 한 몸이 되어 나만의 공간을 자유롭게 떠다니지 못하고 거대하고 낯선 장면과 마주하게 된다. 어둠 속에서는 모든 것이 다르게 보이고 위협적인 가면을 쓴다.

미친 사람처럼 들리겠지만 집이 살아 있는 것 같다는 확신이 드는 밤이면 수백 개의 눈이 달린 건물의 모든 벽이 나를 들이쉬었다 내뱉으며 팽창하고 수축하는 것처럼 느껴졌다.

쿨쿨이가 내게 "우리가 다시는 섹스하지 않겠다고 말하는 꿈을 꿨어"라고 말한다. "잠에서 깼을 때 내 삶에서 그렇게 중요한 것을 금지하느니 그냥 죽는 게 낫겠다는 생각이 들더라." 하지만 나는 귀마개를 낀 상태다. 지금 내 자의식이 온전하지 않은 상태라거나, 상상의 칼날이 내 살을 파고들어 내 정신을 얇게 저며놓은 상태라는 걸 그에게 말해야 했는지도 모른다. 하지만 나는 아무 말도 하지 않는다. 지금 폐경기라는 존재가 내 혈관을 타고 온몸을 순환하며 화학 세정제처럼 나를 말끔히 씻어내는 중이다. 또 다른 시스템 스캔 작업이다. 시스템을 다시 시작합니다. 프로그램이 종료될 때까지 기다려주십시오.

2장

○

낮이 밤에 의존하듯 밤은 낮에 의존한다. 하지만 밤과 낮
은 음과 양이자 남과 북이며 아노드$_{anode}$(전해질 용액을 사이
에 두고 두 전극 간에 전류가 흐르고 있을 때 전해질 용액으로 전류
를 유출하는 쪽의 전극-옮긴이)와 다이오드$_{diode}$(아노드가 보내
는 전류를 받는 쪽의 전극-옮긴이)다. 이 둘은 절대 같은 공간
에 동시에 등장하지 않는다. 만약 그런 일이 발생하면 우
리는 마그리트의 그림을 마주할 때처럼 혼란에 빠질 것이
다. 단, 불면증이 찾아올 때는 예외다. 어차피 낮과 밤이 악

의적으로 서로의 영역을 무단침입한 상태니까.

밤의 여신이자 태곳적 어둠의 어머니라고 불리는 위대한 그리스 신 닉스Nyx는 그 앞에 서면 압도당할 만큼 웅장한 동굴에 살았다. 짙푸른 안개가 감싸고 있는 동굴은 깎아 세운 듯 아찔한 절벽 위에 있었고, 동굴 앞에 서면 끝을 가늠할 수 없는 타르타로스Tartaros(그리스 신화에 나오는 지하 세계-옮긴이)의 심연을 내려다볼 수 있었다. 고대 그리스 시인 헤시오도스Hesiodos의 표현에 따르면 그곳은 "모든 것의 기원이자 경계"가 혼재하는 곳이다. 하루에 두 번, 새벽과 황혼에 닉스는 동굴의 입구에서 자신의 딸이자 낮의 신인 헤메라Hemera를 맞았다. 둘은 흑단의 발코니에서 잠시 이야기를 나누었지만 절대 동시에 동굴로 돌아가는 법이 없었다. 한쪽이 하늘을 뒤흔드는 전차를 타고 광시곡을 울리며 절벽 아래 세상을 군림하기 위해 날아가면, 다른 한쪽은 어둠의 침실에서 자신의 순서가 돌아오기를 기다렸다.

낮과 밤이 규칙적으로 오고 가는 모습을 보며 언제나

밤이 지나면 새로운 해가 밝아올 것이라고 순진하게 믿어 서는 안 된다. 그 가정이 틀렸다면? 어느 날 갑자기 저주에 걸려 평생 밤의 고난에서 헤어나오지 못하는 벌을 받는다면 어찌해야 하는가? 더 끔찍하게는 해가 질 때까지 우리를 기다리고 있던 밤의 올가미에 걸려 영원히 탈출하지 못할 수도 있다. 이쯤에서 죽음의 신인 타나토스Thanatos가 힙노스의 형제이며 둘은 같은 배에서 나온 사이이므로 죽음과 잠을 혈연관계로 볼 수 있다는 점을 짚고 넘어가자. 그렇다면 죽음과 잠은 서로에 대한 은유이자 암시일 수 있다. 또한 타나토스와 힙노스의 관계로 볼 때 새벽을 비유하는 '새로운 빛'이 단순히 계몽에서 그치지 않고 부활의 의미로 받아들여지는 까닭도 설명할 수 있다.

철학자 데이비드 흄David Hume은 밤의 끝자락에 새로운 아침이 온다는 건 믿을 수 없는 사실이라고 주장했다. 밤과 낮은 어김없이 서로 뒤잇고, 우리는 오로지 그 단일한 경험에 기인하여 밤이 지나면 아침이 온다고 추정할 뿐이다. 하지만 세상에 물샐틈없이 완벽한 추론이란 없다. 직

설적으로 표현해보자. 한 치의 오차 없는 관찰을 통해 사건 1과 사건 2의 연관성을 발견했다고 해도 그것으로는 두 사건의 연속성 이면에 숨은 인과관계나 메커니즘을 이해할 수 없다. 게다가 메커니즘을 밝혀냈다고 해도 우리는 결국 보이지 않는 손이나 미립자 에테르aether, 보이지 않는 힘과 파장같이 모호한 관념에 의존하는 것일 뿐이다. 우주의 메커니즘이 마치 시계처럼 촘촘하고 정교하게 설계된 것 같지만 그 누가 알겠는가? 어느 날 난데없이 전지전능한 이가 나타나 당장 내일이라도 신성한 빛을 꺼트릴지 모를 일이다. 무신론자라면 갑자기 천체물리학적 재앙이 일어나 태양이 촛불처럼 꺼지고 모든 것이 암흑에 잠기는 장면을 상상해보라. 어느 쪽이든 그것으로 끝이다. 영원한 어둠. 단숨에 모든 것이 바뀐다.

흄은 우리가 낮과 밤에 관해 당연하게 생각하는 가정들 가운데 당연한 것은 하나도 없으니 불확실성에 익숙해지는 편이 좋을 것이라고 조언했다.

공교롭게도 우리는 추론에 강하다. 우리가 안일한 추론에 만족하는 게으름뱅이여서가 아니라 실은 불투명한 미래에 익숙한 사람들이기 때문이다. 특히 연인의 부재는 영원한 어둠의 또 다른 형태라 할 수 있겠다. 가령 스토아인 페넬로페Penelope는 이타카의 보금자리에 외로이 남아 슬픔에 잠긴 채 남편 오디세우스Odysseus가 트로이 전쟁에서 돌아오기만을 기다리고 또 기다렸다. 오디세우스의 부재는 페넬로페의 욕망을 자극했지만 잠을 이룰 수 없자 그녀의 욕망은 절망으로 굳어갔다. 나는 어떻게 보더라도 페넬로페가 완벽하게 각성한 상태였으며 자신이 처한 신체적, 정신적, 감정적 곤경을 정확히 파악하고 있었다고 생각한다. 하지만 페넬로페가 아무리 발버둥 쳐봐도 그역시 무지의 어둠을 뚫고 나올 순 없다.

쉬이 잠들지 못하는 밤을 유용하게 보낼 방법이 없을까 고민할 때면 나는 실종된 남편이 언젠가 홀연히 돌아오리라 믿으며 희망을 다잡았던 페넬로페를 떠올린다. 그녀는 낮 동안 시아버지인 라에르테스Laertes가 아들이 먼저 죽으면 그 슬픔을 이겨내지 못하고 아들의 운명을 따라갈까 두려워하며 시아버지를 위한 수의를 지었다. 하지만 밤이면 오디세우스가 돌아올지 모른다는 희망의 불씨를 다시 지피는 심정으로 낮에 꿰맨 라에르테스의 수의를 도로 풀어 헤쳤다. 페넬로페는 수의 짓는 일을 핑계로 활용하기도 했는데, 오디세우스의 자리를 탐내는 구혼자들이 몰려들면 신성한 장례 준비를 끝낼 때까진 손님을 맞을 수 없다는 구실을 대며 그들을 돌려보냈다. 하지만 내 관심을 끄는 것은 페넬로페가 수의를 짓게 된 이유가 아니라 페넬로페가 수의를 짓고 해체하는 작업이다. 수의가 미완인 한 페넬로페는 불확실성에 매달려 오디세우스의 죽음을 부정하고 기다림과 희망을 이어갈 수 있었으리라.

희망과 공포를 짓고, 진실을 꾸며내고, 타래를 돌리는 일. 이는 여성의 영역이었다. 기억과 망각 역시 그러하다.

불안도 여자의 일이다. 내게 근심하는 법을 알려준 것은 어머니였다. 어머니에게 불안이란 욕망의 대체어였다. 어머니는 당신을 살게 하는 것은 욕망이 아니라 근심이라는 것을 잘 알고 있다. 어머니는 거의 매일 내게 전화해 걱정거리를 늘어놓는다. 잠은 충분히 자고 있니? 밥은 잘 챙겨 먹고? 일감은 좀 있니? 괜히 어머니의 걱정거리를 늘리고 싶지 않아 계속 네, 네, 네로 일관하면 어머니는 잠을 이루지 못하고 있다고 털어놓는다. 좌골 신경통이 말썽이라면서. 병원에 가봐야 하는 건 아닐까? 아니, 다시 생각하니 그럴 필요는 없겠다. 병원에서는 어머니 장단에 맞춰주느라 건강에 아무 문제가 없다는 어설픈 위로를 늘어놓을 것이고, 약을 처방받더라도 어머니는 이틀 이상 복용하지 않을 것이다. 의사가 어머니의 증상을 무시하는 꼴은 기가 막힐 정도다. 게다가 어머니는 요즘 저녁 준비에 드는 시간과 품을 아끼려고 생선을 자주 사서 먹는데, 아무래도 급성 생선 알레르기가 생긴 게 분명하다고 한다. 이런 소소한 불안감이 어머니를 고통스럽게 한다. 하지만 어머니가 불안감에 대처하는 방식은 놀랍도록 신비롭다. 우선 어머니는 자신을 불안하게 만드는 것들에 이름을 붙여 그 힘을 약하게 만들고, 악령을 퇴치하는 랍비처럼 당신의 불안감을 (대체로 내게) 몰아낸다. 그러고 나면 어머니는 진정한다. 어머니도 기질적으로는 불면증 환자라고 볼 수 있다.

아이처럼 만사에 걱정이 없던 아버지와 달리 어머니는 결혼 생활 내내 걱정거리를 한 보따리 안고 살았다. 어머니는 아버지에게 필요한 것들을 아버지가 미처 깨닫기 전에 파악해두는 것이 자신의 임무라고 생각했고, 그런 어머니 덕분에 아버지는 50년이 넘는 결혼 생활 동안 순수함을 유지할 수 있었다. 아버지는 어머니의 보살핌이 영원하리라 믿으며 그저 물 위를 부유하는 사람처럼(혹은 백일몽을 꾸는 몽유병sleepwalk 환자처럼) 평온하게 일상을 영위했다. 그동안 어머니는 식사 준비와 운전, 돈 관리, 애정, 정서적 지지, 사회 활동을 책임졌을 뿐 아니라 집안 대소사를 해결하는 등 모든 일을 도맡아 했다. 이건 부모님의 불균형한 결혼 생활을 보여주는 일부일 뿐이다.

혹시 낮에도 몽유병 증상이 나타날 수 있는지 궁금해 검색해본다. 몽유병이 기본적으로 행동 및 주변 상황 인식을 담당하는 뇌의 특정 부분이 차단되며 나타나는 증상이라는 설명에 동의한다면 이론상으로는 낮에도 발현될 수 있다. 몽유병을 앓게 되면 원시 변연계가 관장하는 '감정적인 뇌'가 활성화된다. 그리고 멍청하지만 대단히 효과적인 운동능력 시스템에도 불이 들어온다. 이때 '이성적인 뇌'는 전원이 꺼진다. 몽유병 환자의 위험 감지 능력이 떨어지는 이유도 이 때문이다.

대대로 전해져 내려오는 수많은 이야기에서 볼 수 있듯이, 페넬로페 역시 한쪽으로 기운 결혼 생활을 했다. 그리고 당연하게도 이 서사에서 오디세우스는 영웅의 자리에 올랐다. 여타 남자들보다 비범하며 이상적인 모습으로 그려진 오디세우스는 아내인 페넬로페가 불안에 떨고 있는 동안 전장에서 격투를 벌이고, 세계를 탐험하며, 님프 Nymph(그리스 신화에 나오는 젊고 아름다운 여자 모습의 요정-옮긴이)들과 잠자리를 가졌다. 반면에 페넬로페는 오디세우스가 없는 동안 불면증을 앓으며 남편의 부재라는 어둠과 싸웠다. 아, 그리고 바느질을 하며 타들어 가는 속을 달래기도 했다.

불공평하다. 페넬로페 역시 충분히 용맹한 전사로 인정받아야 하지 않는가? 그녀는 적극적이면서도 강경하게 구혼자들을 물리쳤다. 구혼자들은 단단히 무장한 채 참호에서 기어 나오는 군인처럼 페넬로페에게 돌진해서 그녀의 사랑하는 남편 오디세우스의 자리를 꿰차고, 그의 잔으로 먹고 마시며, 그가 쓰던 망토를 두르고, 그의 침대에서 잠을 자려고 했다. 이렇게 위협적인 상황에서 페넬로페는 초인간적인 의지를 보여주었다. 페넬로페가 스무 해 가까이 이타카에 버려져 있었고 젊은 구혼자들은 나이가 페넬로페의 절반밖에 되지 않았다는 점(분명 마음이 흔들릴 만했을 텐데)을 고려하면 남다른 의지력이 아닐 수 없다. 게다가 구혼자의 수도 어마어마했다. 페넬로페의 아들 텔레마코스Telemachus는 108명이 어머니에게 구혼했다고 전했으나 다른 학자의 추정에 따르면 그 수는 191명에 이른다.

나는 믿음을 잃지 않고 긴 고통의 시간을 견뎌낸 페넬로페 역시 영웅이었다고 생각한다. 페넬로페는 반항적이면서도 절제할 줄 알고, 결연하게 고난과 고통을 인내하는 힘이 있었다. 물론 내가 추구하는 영웅의 모습은 아니지만 다른 이들이 그녀를 묘사하는 방식을 보면 몹시 불쾌하다. 상당수의 고전문학 평론가들은 끝내 완성되지 못한 수의에 집착하며 페넬로페의 가장 큰 특징은 교활함이라고 주장한다. 문학 비평 속 페넬로페는 그저 거짓말이나 지어내는 여자일 뿐이다.

불면증과 사랑에 대해 더 이야기하고 싶다. 둘 다 바늘로 찌르는 듯한 부재의 고통이 기다리고 있기 때문이다. 불면증에 걸리면 망각, 즉 우리를 제외한 모든 사람이 수면을 통해 누리는 의식으로부터의 탈출을 갈망하게 되며 그 갈망 속에서 우리는 물질세계와의 불편한 관계를 재차 확인한다. 한편 사랑에 빠진 이들은 자신의 미래에 대해 아무것도 확신할 수 없으면서 사랑의 서약을 맺는다. 땅따먹기에서 앞으로 차지할 영역에 대한 소유권을 주장하기 위해 미리 돌을 던지듯, 아직 우리에게 찾아오지 않은 미래의 사랑을 맹세로 단단히 묶어둘 수 있다고 믿는 것 같다.

불면을 연구한 한 학자는 "사랑도 수면처럼 측정 불가한 정도로 막대한 신뢰를 요구한다. 미지의 세계로 빠져들어야 하기 때문"이라고 말한다. 하지만 사랑과 수면이라는 두 가지 개념을 좀 더 사적인 영역으로 옮겨 생각해보자. 불면증을 앓게 되면 우리는 사랑의 어두운 면과 마주한다. 바로 사랑하는 대상의 본질적 타자성이다.

뒤척이며 첫날밤을 보낸 후 나는 쿨쿨이와 정기적으로 한 침대에서 자기 시작했고 우리의 수면 패턴은 완벽하게 조화를 이뤄갔다. 우리는 하나의 덩어리로 합쳐진 고대의 판게아 초대륙 같았다. 하지만 어느 한쪽이 덥다거나 베개가 더 필요하다는 등의 사소한 이유를 시작으로 몸과 몸이 멀어지며 서서히 그리고 점진적으로 대륙 이동이 일어났고, 눈 깜빡할 사이 나와 쿨쿨이는 고유한 영역을 구축한 두 개의 대륙이 되었다. 밤이라는 들판을 사이에 두고 갈라진 미니어처 지도처럼.

이따금 쿨쿨이가 잠든 모습을 훔쳐본다. 칠흑 같은 밤에 녹아들어 사실상 물성이 사라진 듯한 모습을 바라보며 나는 그라는 대륙으로 가는 길, 코 고는 소리에 놀라 잠에서 깬다거나 잠 못 이뤄 뒤척이는 일 따위 없는 평화로운 수면의 땅으로 항해하는 배편을 간절히 소망한다. 나는 용감무쌍한 탐험가요, 거센 파도가 일렁이는 바다를 건너 그곳에 가리니. 나의 휘청이는 발걸음을 모르는 채 기꺼이 무의식의 세계로 몸을 던지리니. 나 흔쾌히 앎을 포기하리라. 손만 뻗으면 잡힐 듯한 그곳.

너무도 단순한 제안인데도 나는 배를 목전에 두고 놀라울 정도로 꾸준히 고꾸라진다. 밤이 곁에 다가오면 긴장을 풀지 못하는 나는 내 의지와 관계없이 나라는 영토의 국경 수비대가 된다. 내 의지는 압수당한 듯 상명하복에 따라 폐쇄 명령이라는 엄명에 손발이 묶인 상태다. 이런 상태에서 오는 절망감은 사람을 미치게 만들고, 때로는 잠자리에서 공황에 빠졌던 상황을 떠오르게 한다. 귓가에서 모기가 앵앵거리는 소리를 들을 수 있을 정도로 깨버렸으면서도 전신이 마비되어 조금도 움직일 수 없고, 침대에 못 박힌 사람처럼 몸이 굳어 모기를 때려잡지 못했던 밤. 이런 상황에선 화가 머리끝까지 차올라 압력솥이 된 기분이다. 스팀이 올라와 뚜껑이 들썩거린다. 우리 몸 안의 관제탑에서는 분쟁이 벌어지고 있다. 우리라는 압력솥이 정신없이 진동하며 인고의 시간을 보내는 동안 자유의지를 가진 산소는 계속 솥을 빠져나가고, 그 망할 모기는 귀하디귀한 우리의 피를 마음껏 빨아 먹고 있다는 사실에 진심으로 짜증이 난다.

이 정도의 갑갑함은 건강한 사람이 겪을 수 있는 감금 증후군locked-in syndrome과 가장 유사한 경험이다. 작고한 프랑스의 저널리스트 장 도미니크 보비Jean-Dominique Bauby는 《잠수종과 나비》에서 뇌졸중 이후 자신이 감당해야 했던 신체적 고통을 두고 "섬 안의 섬에 갇힌 듯 끔찍한 수감 생활"이었다고 적었다. 여기서 단순히 '적었다'라고 했지만 그는 실로 초인적인 인내심을 발휘해 책을 완성했다. 그는 자신의 의지로 움직일 수 있는 유일한 신체 부위인 눈동자를 마우스처럼 움직여 원하는 글자를 집어냈고 대필 작가가 이를 받아 적었다. 보비는 이런 식으로 알파벳을 한 자 한 자 골라 원고를 완성했다. 하늘에서 자비를 베푸사 그는 고통으로 울부짖으며 남은 삶을 보내지 않았다. 그는 풍요로웠던 자신의 삶과 사랑에 바치는 찬가이자 생의 증언인 회고록을 완성한 지 얼마 안 되어 유명을 달리하면서 감금이라는 참혹한 고문으로부터 자유로워졌다.

현재 시각 새벽 4시 22분. 불면증이 시작되면 습관적으로 곤충 대학살 작업에 착수한다. 한 손에 슬리퍼를 들고 윙윙 소리를 내며 꼼지락거리거나 기어 다니는 것들은 모조리 내려친다. 이미 반쯤 죽은 상태이면서 목숨을 부지하겠다고 간당간당하게 숨 쉬는 생명체이자 온기마저 느껴지는 집파리에게 가장 걸맞은 운명은 내 슬리퍼가 선사하는 후려치기뿐이다. 최근에는 스페인에서 본 납작하고 기이한 지네가 인상적이었는데, 인터넷으로 찾아보니 흡혈종이라고 했다. 하지만 발로 깔아뭉개자 너무도 쉽게 터져버렸고 지네의 몸에서 무색의 묽은 체액이 흘러나왔다. 실오라기 같은 지네 다리가 몸에서 떨어져 나와 V 자를 그리며 체액 위를 둥둥 떠다녔다. 그 생명체는 안개처럼 흩어지는 악몽같이, 글자 그대로 녹아내렸다.

문제 #1. 불면증은 당신을 섬으로 만든다. 즉 불면으로 깊은 외로움에 빠질 수 있다. 잠들 수 없어 생기는 외로움에 우아한 구석이라곤 없다. 불면증에 걸리면 당신이 만들어낸 생각들이 당신을 갉아먹기 때문이다.

문제 #2. 만일 나라면 존재에 감금되는 듯한 상태를 견딜 바에는 차라리 어떤 규정과 제약도 존재하지 않는 섬이 되겠다. 차라리 나 자신만을 위한 하나의 거대한 땅덩어리, 성역이 되겠다. 그리고 내가 그곳에 도착하거든 제발 나의 고독을 망치지 마시길.

나는 벨벳처럼 부드럽고 상냥한 어둠의 바다에 가라앉아, 잠을 이루지 못해 침대에서 몸을 뒤척이고 있을 불면증 동지들을 떠올려본다. 각자가 위치한 골목, 도시, 나라 그리고 지구의 맞은편에서 내가 불을 지핀 봉화에 화답해주는 존재들. 우리는 역학자가 그린 지도 위에서 빛을 발하는 점들과 같다. 헬스장 러닝머신 위에서 무의미한 거리를 터덜터덜 달리는 사람처럼 마음은 종점 없는 곳을 향해 내달리고, 고독 속에서 고통받는 의식을 나타내는 개별의 점들. 각성 상태라는 독방에 갇힌 불면증 환자들은 기묘한 집단을 형성한다. 우리는 저마다 짊어진 몫이 있으며 지리적으로 일정한 존재감을 지닌다. 우리는 거센 바람처럼 전 세계 각지로 번져나가고 있다. 우리의 클러스터는 높은 밀도를 자랑하고, 명확하게 설명하긴 어려워도 서로 연결된 극값들이다. 우리 사이에는 통계학적 연관성이 존재한다. 분명 우리가 공유하는 불안의 경험만으로도 교과서 한 권은 거뜬히 채울 수 있을 것이다. 하지만 우리는 교감할 수 없다.

불면증 환자 집단이란 어떤 의미로는 일종의 연회일지 모른다. 시인 찰스 시믹Charles Simic은 불면증 환자들의 조합이 물과 기름처럼 서로 얼마나 부조화스러운지 깨닫고 시 〈불면증 환자들의 연회The Congress of the Insomniacs〉에서 불면증을 텅 빈 대형 연회장으로 묘사했다. 연회장 천장은 도금되어 있고 사면은 전체가 거울이다. 연회장에는 플래시를 든 경비원과 감명 깊은 연설을 준비해온 연사가 있고 시믹은 트릴음을 울린다. "모든 분을 환영합니다."

시믹의 저주받은 연회를 읽고 나면 침울해진다. 하지만 나와 같은 처지에 놓인 이들을 표현할 때 이를 대체할 만한 다른 집합명사를 생각해낼 수 있을까? 총명한 불면증 환자들? 솟아오르는 불길? 조바심 덩어리?

불면증 환자들의 집합은 존재하지 않을 것만 같은 집단이지만 대부분의 연구 보고서에 따르면 그 수는 점차 늘어나고 있다. 전염병 수준에 가까울 정도로 많은 사람의 신체가 호흡이나 소화, 호르몬 생성과 같이 당연히 수행해야 할 자신의 임무를 망각하고 있는 듯하다(역학자들이 그린 세계 질병 지도에서 우리가 차지하는 면적이 산불처럼 빠르게 번져나가고 있다). 수면 부족에 시달리는 일은 집에 도둑이 들었을 때처럼 모욕적이다. 머리를 댈 수 있는 곳이면 아무 때고 습관적으로 휴식을 취했던 선조와 달리 현대인은 언제든 의지만 있다면 무의식의 세계로 뛰어드는 긴 다이빙을 단 한 번의 시도로 성공할 수 있다고 자신하기 때문이다. 공적 영역인 업무가 사적 영역 구석구석으로 스며들어 사생활을 침범했으니 최소한 그만큼의 보상은 보장되어 있을 것이라고 자기 자신을 설득한다. 그러나 우리는 잠들기 위해 왕이나 누렸을 법한, 어둡고 고요하며 호화로운 공간에 구스다운 이불과 최첨단 매트리스가 깔린 최고급 침대까지 마련하지만 힙노스는 계속 우리를 조롱하고 요리조리 피해 다니기만 한다.

각성한 상태로 침대에 누워 천장을 응시하는 한 점의 섬으로서 우리는 몸을 뒤척여가며 이 모순에 대해 더 깊게 생각해야 하는지도 모른다.

섬. 나라는 외로운 섬. 절망. 감당할 수 없을 만큼 커지는 감정. 거대한 인류에게서 분리되어 내 곁을 지키는 것이라곤 어둠뿐인 상태. 나는 이런 상태를 묘사하기에 섬보다 더 좋은 비유가 없다는 생각을 종종 한다. 불면증에 걸리면 나라는 섬은 밤이라는 바다 위로 떠오르고, 침대는 견고한 뗏목이 되며, 어둠은 섬의 해변에서 찰싹인다. 쿨쿨이는 내 곁에 있지만 수 킬로미터 떨어져 있기도 하다. 내가 정체불명의 갈망이라는 우물 속에서 익사하는 것이 아닐까 두려움에 떠는 외로운 시간, 나는 가장 친밀한 공간이 가장 낯선 공간이 될 수 있다는 사실에 위협을 느낀다. 밤으로부터 강제 분리되고 안식으로부터 차단당한다. 내가 쿨쿨이에게 손을 뻗는다 한들, 그를 찾을 수 있을까?

어린 시절부터 섬에 대한 낭만을 키워온 나는 여전히 섬 생활의 장점이 무엇일지 고민해본다. 로빈슨 크루소 Robinson Crusoe는 나의 로망이었다. (기억이 맞는다면) 나는 프랑스에서 제작한 흑백 TV 드라마 시리즈를 통해 처음 크루소를 접했다. 나중에 알게 되었지만 그 시리즈는 원작인 대니얼 디포Daniel Defoe의 소설에 몹시 충실한 작품이었다. 나중에 〈로빈슨 크루소〉는 어린이 프로그램으로 편성되어 매주 토요일 아침에 방영되었다. 나는 구슬픈 바이올린 선율의 주제곡을 아직도 기억하고 있다. 이 시리즈가 방영되었을 당시 나는 절망의 의미를 정확히 이해하기엔 너무 어렸다. 하지만 강인한 생명력이 무엇인지 느낄 정도는 되었기에 작품 곳곳에서 그 흔적을 발견할 수 있었다. 크루소가 매일 (자신이 시간을 통제하고 있음을 증명하려고) 의식처럼 나뭇조각에 눈금을 새겨 넣을 때, 염소를 키우기 위해 울타리를 세울 때, 열대 폭풍우가 쏟아질 때마다 비에 젖지 않으려고 급히 만든 야자나무 캐노피 아래 쪼그리고 앉아 있을 때 나는 생명의 강인함을 느꼈다.

나는 매주 TV 속 크루소가 자신의 오두막(수숫대를 엮어 만든 섬 스타일의 가옥치고는 세련된 축에 속하는)을 어떤 기발한 방법으로 안락한 현대 문명에 가깝게 변화시킬지 궁금해서 견딜 수가 없었다. 그는 오래된 덩굴을 꼬아 줄을 만들어 도르래로 움직이는 실링 팬을 천장에 달았고, 바Bar에는 난파선에서 훔친 브랜디와 크리스털 유리잔을 잔뜩 채워두었다. 나는 그가 무인도 위에 자신이 떠나온 세계를 그럴듯하게 구현할 능력이 있고, 실제로 여기에 성공한다면 더는 구조되기를 바라지 않을 것이라고 굳게 믿었다. 당시 열 살이었던 나는 크루소가 정서적으로 아주 조금만 더 강인해지면 부족할 게 없겠다고 생각했다. 하지만 지금은 다르다. 무에서 유를 창조하려면 어떤 감정이 찾아오더라도 당해낼 수 있는 일종의 감정 도구 세트가 필요하다.

디포는 신중상주의new mercantile age가 절정에 달했을 때《로빈슨 크루소》를 집필했다.《로빈슨 크루소》는 인간은 고립되어도 결국 살아남는다는 단순한 전제 위에 모든 계몽주의 모티프를 끌어다 쓴 이야기였다. 크루소는 그의 발길이 닿는 곳마다 문명을 선사하는 고독한 백인 투사였으며, 그곳이 홀로 자아와 마주 서야 하는 세상의 끝이라 해도 묵묵히 임무를 수행했다. 목적의식에 불타오르는 야망가로서 야만적인 세계를 문명화했고 혼돈에 질서를 부여

했다. 그는 영리하고 성실하며 포기를 모르는 사람이었다. 밤이면 다음 날 만들 도구나 해야 할 일을 계획하고, 일기에 기록할 내용을 머릿속으로 정리하느라 잠을 설쳤다. 그는 결코 시간을 흘려보내지 않았다. 그는 시간을 알차게 소비했다.

《로빈슨 크루소》가 탄생한 1719년은 한 세기 동안 이어진 식민주의가 절정이던 시기였다. 네덜란드와 영국, 프랑스, 포르투갈, 스페인 상인들은 배를 타고 바다를 건너 머나먼 땅에 식민지를 개척했다. 서구 열강은 식민지에 화약과 홍역을 수출했고, 그곳에서 나는 설탕과 커피와 금을 유럽으로 들여왔다. 디포의 소설은 많은 면에서 그 시대를 상징한다. 그가 만들어낸 허구의 영웅 로빈슨 크루소는 스스로 어둠의 세계에 빛을 가져다준 정복자라고 생각했던 유럽 무역상들과 닮았지만, 한편으로는 계몽주의자들이 식민주의에 격렬하게 맞서며 인간이라면 응당 갖춰야 한다고 주장했던 '좋은' 자질도 겸비한 인물이었다. 양심과 무의식, 낮과 밤, 이성과 마법 그리고 일깨움과 졸음이 몰려오듯 나른한 무지. 디포는 무지한 인간상을 표현하기 위해 소설에 프라이데이Friday를 등장시켰고 크루소는 야만인 프라이데이를 자신의 품으로 거두어 계몽시켰다. 하지만 아직 깨어나지 못한 현실 속 지성은 노예제의 형태로 구체화되었다.

유럽 문명은 상상을 초월하는 부를 축적했지만 그 이면에는 낯부끄러운 진실(이자 어두운 비밀)이 숨어 있다. '검은 대륙' 아프리카를 체계적으로 침략하고 아프리카인을 노예로 전락시킨 거대 식민주의 메커니즘이 바로 그것이다. 유럽은 강제 노역을 발판으로 삼아 세계 경제를 구축했다. 그리고 그 근간에 흑인은 의심할 여지 없이 열등하고 무지한 데다 대체 가능한 자원이라는 전제가 깔려 있었다. 여기서 말한 '무지'는 흑인들을 영원히 어둠 속에 가둬놓았다. 그보다 더 끔찍한 사실은 노예제의 잔혹성이 유럽의 소비 계급에서 교묘하게 가려진 탓에 착취 경제의 방정식에서 어둠의 힘이 점점 강력해졌다는 것이다. 당시 점점 늘어나고 있던 유럽의 소비 계급은 약물과 방부제, 발효주 재료로도 사용할 수 있는 데다 입에 넣으면 혓바닥에서 금세 녹아 사라지고 마는 수정결정인 설탕의 달콤함에 눈이 멀어 있었다.

유럽이 유럽 경제의 확장세를 유지하고 자본의 순환을 유지하기 위해 식민지에서 착취한 상품들은 전부 각성제였다. 각성제의 일종인 담배, 커피, 설탕 모두 대규모 불면증을 일으킨 상품이다.

어쩌다 보니 나는 한참 전에(아무도 묻지 않았고 궁금해하지도 않겠지만 19년 전에) 담배를 끊었고 가끔은 카페인 없이도 진득하게 일할 수 있다. 하지만 설탕은 얘기가 다르다. 설탕은 분말이나 액체, 결정체, 고체 등 제형과 상관없이 전부 먹는다. 설탕이라면 비의료기관에서 정맥 주사로 투여해준다고 해도 기꺼이 맞을 용의가 있다. 게다가 푸딩이라면 사족을 못 쓴다. 커스터드, 풀fool(과일을 으깨 생크림 또는 요구르트와 섞어 먹는 디저트-옮긴이), 타르트, 아이스크림, 케이크, 정킷junket(우유가 주재료로 들어가는 디저트의 한

종류-옮긴이), 잼, 파이, 트라이플, 실러법, 누가, 브리틀, 태피 역시 마찬가지다. 일단 먹기 시작하면 멈출 수가 없다. 쿨쿨이에 따르면 나와 케이크는 천 번을 죽었다 깨어나도 갈라놓을 수 없는 연인 같다고 한다. 변명하자면 나도 남들처럼 설탕을 좋아하도록 학습된 것일 뿐이다.

경제사학자 시드니 민츠Sidney Mintz는 《설탕과 권력》에서 설탕 무역이 성장하는 과정을 추적했다. 그는 설탕이 소비자들에게 적극적으로 투여된 방식을 설명하며 이와 같은 소비가 가장 먼저 시작된 영국의 경우 "설탕이 들어가지 않는 음식이 없을 정도로 영국인의 식탁은 설탕 범벅이었다"라고 적었다. 프랑스가 영국에 이어 열성적으로 설탕을 섭취하기 시작했고, 미국이 그 뒤를 따랐다. 설탕은 천문학적인 이익을 남겼다. 점차 사치품이 아닌 생필품으로 자리 잡았고 가격이 낮아질수록 사람들은 설탕을 더 많이 소비했다.

민츠는 저서에서 대니얼 디포가 《로빈슨 크루소》를 출판하기 반세기 전인 1645년에 '설탕의 섬' 바베이도스를 방문한 어느 영어 교사의 이야기를 인용했다. 그 교사가 바베이도스에서 만난 플랜테이션 농장주는 지난 1년 동안에만 "흑인 노예 1,000여 명을" 사들였고 "이 규모의 노동력에 하나님의 은총이 함께한다면 1년 반 안에 노예를 사는 데 들인 돈을 모두 회수할 수 있을 것"이라고 말했다.

지금까지 무지가 가져오는 어둠에 관해 이야기했다. 그렇다면 앎을 의식적으로 거부함으로써 찾아오는 어둠은 어떨까? 그 어둠의 이름은 '편협한 무지'다. 유럽의 노예 거래상과 플랜테이션 농장주, 무역선주 그리고 대출을 연장하는 데만 몰두했던 부유한 투자자들은 감시의 눈을 피해 불공정 무역을 확장하고자 유럽인들을 수면 상태와도 같은 편협한 무지로 이끌었다.

오늘날 대다수 소비자는 자본주의에도 어두운 면이 있다는 점을 알고 있다(우리 모두 주머니에 쏙 들어갈 정도로 작은 칼 마르크스Karl Marx의 저서를 읽지 않았는가). 우리는 토지, 도구, 원자재, 기술 같은 생산수단으로부터의 소외, 노동자 간의 소외가 무엇인지도 알고 있다. 아동 노동착취, 스 웻숍sweatshop(극심한 노동착취가 일어나는 공장-옮긴이), 0시간 계약zero-hour contract(정해진 노동시간 없이 고용주가 요청할 때만 업무를 진행하는 비정규직 노동 계약-옮긴이)이 무엇인지도 안 다. 그러나 노예제는 흑인의 신체가 노예제 그 자체이자 대상화되어 제도의 도구로 쓰이며 생산수단 일부로 취급 되기에 자본주의보다 악랄하다. 당연히 노예에게는 팔 수 있는 상품이 없다. 노예는 자신의 노동력조차 팔 수 없다. 그들의 노동력의 결과로 생산되는 상품들처럼, 노예 역시 사고파는 거래의 대상일 뿐이다.

여성은 위처럼 불공평한 교환 과정이라는 문화에 관해 남성보다 이해도가 높다. 여성은 자신의 신체나 노동을 자본 자산으로 인정받지 못하는 상황에 익숙하기 때문이 다. 나아가 여성은 삶이 안고 있는 리스크에 담보 잡힌 채 살아간다는 것이 어떤 의미인지 잘 안다. 사랑이 침몰하 고, 타인에게 보이지 않는 존재가 되며, 끝내 자아실현을 할 수 없게 되는 리스크.

17, 18세기 이국땅과 그곳의 사람들을 고통스럽게 했던 식민주의 무역상이라는 악마가 결국 조국으로 돌아와 현대의 우리를 병들게 한 게 아니냐고 따질 수도 있겠다. 마르크스는 특유의 예리한 통찰력으로 이런 현상을 다음과 같이 요약했다. 자본주의 생산제도는 19세기 산업화 시대 시장에 동력을 제공하고 "농노와 노예제라는 야만적이며 공포스러운 제도 위에 과로라는 문명화된 공포를 접붙였다." 그리고 마르크스라면 다음과 같은 말을 덧붙일지도 모르겠다. 우리와 같은 서구 세계 시민들은 자본주의의 산물인 시계, 시장, 철도(그리고 나중에 등장한 고속도로)의 노예가 되었고 괴물 같은 기계의 윤활유로서 긴 하루를 보내야 하기에 설탕이나 담배, 커피를 이전보다 더 많이 소비하며 종일 각성 상태를 유지하는 것이라고 말이다. 자본주의라는 톱니바퀴는 이렇게 돌아간다.

내가 쿨쿨이를 사랑하는 이유 중 하나는 그가 점점 극단적인 사람으로 늙어가고 있어서다. 평상시에 쿨쿨이는 세상의 사건 사고에 대한 트라우마가 심해서 세상 돌아가는 일에 대한 소식은 읽지도 못한다. 내가 육체적 피로로 사기가 저하되듯, 쿨쿨이는 세계 각지에서 들려오는 뉴스로 자신이 소진된다고 느낀다. 하지만 쿨쿨이는 단단히 마음의 준비를 한 뒤 뉴스의 바다에 뛰어들어 댓글이나 분석을 모조리 흡입한다. 아는 것이 힘이라고 믿기 때문이다. 즉 유비무환 같은 것이다. 나는 아는 것이 힘이라고 믿지 않는다(아니, 지금 이 세상과 세계 최고 멍청이 같은 지도자들을 좀 보란 말이다). 하지만 지식이 저항으로 가는 길을 열어줄 수 있다고 믿는다.

쿨쿨이는 물질적 풍요가 사람을 더 탐욕스럽게 만들 뿐이라는 주장을 혐오한다. 그런 논리를 펼치는 사람들을 괴롭히기 위해, 또 대안적 도덕률이 존재함을 입증하기 위해 쿨쿨이는 나름대로 낭비에 가까운 사치를 부린다. 그는 지치지도 않고 전력을 다해 여러 자원단체를 돕는다. 학교, 문학진흥기구, 지역 극단, 10대인 딸이 활동하는 밴드 같은 단체에 도움을 보내며 이웃 호스피스 활동에 참여하고 자신보다 덜 가진 사람에게 정기 후원도 하고 있다. 쿨쿨이가 베풂을 실천하는 데는 보상의 의미가 있다. 그는 이런 활동을 통해 후방에서 부정과 불평등을 낳은 자본 숭배자들에게 대항한다. 그는 청렴한 탈식민주의 양심을 지녔다. 그런 사람이기 때문에 편히 숙면할 수 있는지도 모른다.

몇 년 전 한 이란 여성이 우리 집 문을 두드렸다. 마침 그날 쿨쿨이가 집에 있었다. 그 여성은 쿨쿨이에게 이란에서의 삶을 이야기하고 자신이 전체주의 이슬람 체제에 맞서 종파의 가치를 수호하기 위해 어떻게 힘쓰고 있는지 설명했다. 그녀와 남편은 교양 있는 사람이었다. 그들은 종교복수주의宗教複數主義와 포용의 가치를 믿고 있었으며 다른 믿음을 가진 사람들과 편을 가르거나 바리케이드 한쪽에서 상대를 향해 썩은 채소를 던지거나 큰소리로 위협할 필요가 없다고 생각하는 사람들이었다. 그녀의 남편은 동지들과 함께 무장투쟁을 하다 체포되어 국가의 적으로 낙인찍히고 투옥되었다. 그녀는 쿨쿨이에게 반항적인 눈으로 카메라를 향해 자신의 투지를 내비치는 남편의 사진을 보여주었다. 검고 빳빳한 콧수염 아래로 굳게 다문 그의 입술이 보였다. 그녀는 사진을 내밀며 흐느껴 울었다. 쿨쿨이는 그녀를 집 안으로 들여 터키식 커피를 타주며 그들을 돕겠다고 약속했다. 쿨쿨이는 그녀가 투쟁을 이어가고 남편이 석방될 수 있도록 상당한 금액을 기부했다. 1년쯤 지났을까, 그녀가 다시 우리 집을 찾았다. 그녀의 남편은 여전히 감옥에 있었다.

쿨쿨이에게 들려주고 싶은 시가 있다. 별다른 이유는 없고 그가 좋아할 것 같아서다. 엘리자베스 비숍Elizabeth Bishop이 쓴 〈영국의 크루소Crusoe in England〉는 파라다이스와 대척점에 있는 삭막한 섬을 등장시켜 대니얼 디포의 서사를 재해석한다. 야자수가 너울거리는 그 섬에는 새하얀 모래사장도 없고 열매가 달린 관목도, 노래하는 새도, 형형색색의 꽃을 피우는 열대식물군도, 배에서 건진 전리품도 없다. 비숍이 그리는 섬은 군데군데 웅덩이가 있고 척

박하며 칙칙하다. 눅눅하게 습기를 머금은 구름 아래로 비가 내리며 섬에는 염소와 바닷새의 배설물 냄새가 진동한다.

그리고 비숍의 시에 등장하는 크루소는 자기 연민에 빠진 백치로, 술에 취하지 않았을 때는 섬 안에 사화산이 몇 개나 있는지 세거나 분화구 입구에 걸터앉아 다리를 흔들며 시간을 보낸다. 이 개똥 같은 험지에는 모든 것이 한 개체씩 존재한다. 염소 한 마리, 거북이 한 마리, 달팽이, 사람, 타오르는 태양 모두 하나뿐이다. 게다가 베리 열매도 한 가지밖에 없는데 크루소는 이 검붉고 시큼한 열매로 머리끝까지 찌릿해지는 독주를 주조한다. 그는 취기가 오르면 고함을 치며 춤을 추고 직접 만든 피리를 불며 미친 새끼 사슴처럼 염소 떼 사이에서 껑충거린다. 그리고 술이 깨면 자신의 처지를 비관하는 '절망의 철학' 속으로 침잠하며, 계몽의 선구자와는 정반대되는 모습을 보인다.

내면의 빈곤에 잠식당한 크루소는 그 어디에도 문명의

가치를 전파하지 못한다. 그리스어나 천문학에 해박하지 못한 자신을, 학교 다닐 때 외운 시를 절반밖에 기억하지 못하는 자신을, 충분히 교육받지 못한 자신을 질책한다. 그는 자신의 약점이 수치스럽다. 지루함이 그를 좀먹는다. 염소 우는 소리, 갈매기가 목놓아 우는 소리, 거북이가 지나갈 때 모래가 사그락거리는 소리에 염증을 느낀다. 하루는 지루함을 달래보려 염소 한 마리를 베리 열매로 빨갛게 물들여도 봤지만, 어미 염소는 털색이 달라진 제 새끼를 알아보지 못한다. 마침내 프라이데이가 섬에 나타났을 때도 비숍의 크루소는 이 야만인이 여자가 아니라고 개탄한다(또 다른 형태의 결핍이자 재생산을 불가능하게 만드는 상황). 결국 이 섬은 크루소의 내면을 파고들다 못해 뼛속까지 침투한다. 그는 악몽에 시달린다.

다른 섬에 대한 악몽이
나에게서부터 번져나가, 무한한
섬, 섬이 섬을 낳고,

개구리알이 올챙이로 변하듯

섬은 늘어만 가고….

비숍의 시는 다음과 같은 교훈을 남기며 이상적인 섬에
대한 나의 환상을 송두리째 깨뜨린다. 섬은 다른 섬을 낳
을 뿐이라는 것. 불면증은 비숍의 로빈슨 크루소를 고통
으로 몰아넣은 독이다.

3장

○

눈이 시큰거리고 뇌가 물을 잔뜩 머금은 스펀지처럼 물러지는 느낌이라고 내가 투덜거리면 쿨쿨이는 다시 병원에 다니는 게 좋겠다고 대꾸한다. 나는 별다른 이유도 없이 계속 울고만 싶다.

"병원에 가면 이 악순환을 깨고 생활 리듬을 바꿔줄 만큼 강력한 걸 주겠지."

쿨쿨이가 말한다.

"그럼 난 좀비가 될걸."

나는 부엌에 있는 쿨쿨이를 향해 좀비처럼 양팔을 앞으로 뻗어 돌진한다.

"그래도 유령보다는 좀비가 낫지."

쿨쿨이가 말한다. 최소한 좀비는 현재에 존재하기라도 하니까 그편이 더 낫다는 말은 하지 않았지만 나는 그의 속뜻을 안다.

우리가 처음 만난 날을 회상할 때면 쿨쿨이는 전기가 오른 듯 짜릿하게 느껴지던 현실감, 살아 있다는 감각, 삶에 대한 애정, 그 장소와 그 시간에 실재했다는 느낌을 떠올리곤 한다. 피와 내장과 욕망이 한데 뒤엉킨 덩어리. 특히 두 사람 사이에 짜릿한 케미를 일으키는 로맨스는 살아 움직이는 생명체 같다. 하지만 로맨스라는 화학식에 시간이라는 요인을 더한 뒤 변수를 재정렬해야 한다. 매일 지극히 평범한 일상의 과제들을 헤쳐 나가다 보면 아무리 견고한 유대감을 형성했던 커플이라고 해도 관계의 결은 밋밋해질 수 있다. 서로의 공통분모 속에 깊이 뿌리내린 그런 관계라고 해도, 두 세계의 근간이 되는 중요한 관계라고 해도.

두 사람 사이에 흐르던 전기가 어느 날부터 불꽃을 튀기지 않을 수 있다고 얘기하고 싶다. 하지만 내 경험상 이건 전원이 공급되지 않아서 발생하는 문제가 아니다. 진폭 탓이다. 쿨쿨이와 나 사이에도 여전히 전기가 흐른다. 여전히 전원이 켜진 상태다.

쿨쿨이는 요즘 내가 내 글 안에서만 존재하는 사람 같다고 하는데, 그 말인즉슨 내가 나에게만 현존하는 사람이라는 말이다. 겉으로 드러나지는 않지만 불면증은 명백하게 현실감과 관련되어 있다.

사실 나는 이제 좀비나 마찬가지다. 피부가 불쾌할 정도로 쪼그라들어 내 안에 숨어 있던 늑대 인간이 당장이라도 살결을 찢고 뛰쳐나올 것 같다. 곧은 자세를 유지하려고 노력하는데도 머리가 무겁게 늘어진다. 두 눈은 유리를 덧씌운 듯 뿌옇다. 나는 내 자아가 거북하다. 자기 의지가 부족한 탓에 나는 종이 죽이 담긴 주머니처럼 흐물

거려 외계 생명체처럼 보인다. 나는 인간을 인간답게 만드는 그 무언가가 간절하다.

굳이 입 아프게 수면 보조제라면 모르는 것이 없다는 이야기를 하진 않겠다. 불면증과 나의 관계는 역사가 길다. 우리는 불가분의 관계라 설렘, 당혹감, 지루함을 거쳐 다시 설렘을 느끼는 사랑의 모든 단계를 거쳐왔다. 마치 달이 차올랐다 지는 것처럼. 불면증은 내게서 평화를 앗아간 도둑이고 악마의 숭배자다. 각성 상태에 취해 잠들 수 없을 때마다 나는 나를 악마로부터 구원해줄 수면 보조제를 찾아 나섰고 다양한 조합으로 테스트해봤다. 대부분은 잠시 효과를 보이며 나를 희망으로 부풀게 했다 이내 납작하게 찌부러뜨렸다.

수면 보조제를 무작위로 적어보자면 다음과 같다.

1. 인간용 캣닢이라고 알려진 길초근valerian root. 허브 판매점에서 구매할 수 있고 다양한 약품을 취급하는 약국에도 있다. 잠자리에 들기 전 차로 끓여 마

신 후 잠이 오기를 기원하고 또 기원한다.

2. 길초근의 대척점에는 테마제팜temazepam과 비슷한 계열의 약물이 있다. 병원에서는 서너 달에 한 번, 열 알씩만 처방해주려고 해서 이 롬보이드rhomboid 계 귀염둥이들을 받으려고 거의 구걸하다시피 했다. 의사들은 정색하며 "환자분을 생각해서 중독을 예방하려는 것"이라고 타이른다. 최근 주기적인 불면증에 시달리고 있어 조피클론zopiclone이라는 비非벤조디아제핀non-benzodiazepine계 수면제를 먹는다. 약을 먹으면 예닐곱 시간 통잠을 잘 수 있지만 다음 날 고양이가 내 입에 소변을 본 듯 찝찝한 상태로 잠에서 깬다.

3. 명상. 사실 명상은 눈을 감자마자 찾아올 어둠이 무서워 시작도 하기 전에 포기했다고 봐야 한다.

4. 나이톨nytol. 여러 가지 항히스타민제 중 하나로 예전부터 복용해왔고 현재 가장 선호하는 약이다. 하지만 하루에 한 알만 먹는 나이톨을 복용해야 할지,

하루에 두 알을 먹는 나이톨을 복용해야 할지 모르겠다. 하루에 두 알짜리를 사려니 돈이 아깝다. 다회 복용 약품은 결국 두 알을 합치더라도 하루 한 알만 먹는 나이톨보다 효과가 약해서, 환자들을 속이기 위해 존재하는 상품이다. 게다가 하루에 두 알을 먹어도 괜찮은 거라면 하루에 한 알짜리 약을 두 번 먹으면 안 되는 걸까? 어쨌든 내 생각은 이렇다.

주술사가 아니라 수면 의사인 루빈 나이먼은 "잠이 지극히 개인적인 경험에서 생리학적 과정으로, 신화적인 소재에서 의학 주제로, 낭만의 상징에서 상업적인 단어로 변질"된 것을 개탄했다. 허상에 불과한 수면 분석이나 불면증 치료 시장이 거대 경제로 성장하고 있는 것도 이런 까닭이다. 나이먼이 지적하듯 "수면제는 눈뜬 채 지새는 시간을 기억에서 지워버려 기억상실증을 유도하고 가짜 수면을 생산한다." 수면제는 불면증을 치료하지 못한다. 다만 증상을 억제할 뿐이다.

게다가 오피오이드opioid(마약성 진통제. 마취제로도 사용된다-옮긴이) 약물이나 항히스타민 수면 유도제를 먹고 잠들면 다음 날 깨어났을 때 푹 쉬었다는 느낌을 받을 수 없다. 오히려 자고 일어났을 때 사지가 무겁고 머리를 가눌 수 없으며 1차원적으로 사고하게 된다. 이런 수면 보조제는 단순히 불면증을 치료할 수 없을뿐더러 불면증을 다른 질병으로 발전시키기까지 한다.

불면증에 대해 글을 쓰고 있으니 내가 불면증 전문가라도 된다고 생각할지도 모르겠다! 심지어 이제는 만나는 사람마다 내게 수면 문제에 관한 조언을 건넨다. 대개는 한 귀로 듣고 한 귀로 흘린다. 내가 들어본 적 없는 불면증 관련 팁은 없는 데다 먹어보지 않은 약이 없고 시도해보지 않은 수면 유도법도 없기 때문이다. 하지만 나를 가장 괴롭히는 건 불면증의 수학적 측면이다. 모든 불면증 환자는 자신의 결함에서 비롯된 자기 연민의 기록으로 머릿속에 수면 장부를 만들어두고 불면증이 앗아간 수면 시간과 실제로 잠들었던 시간을 끊임없이 셈해 장부에 기록해

둔다. 결국 우리 같은 불면증 환자에게 가장 잘 어울리는 집합명사는 적분일지도 모른다.

한 친구는 고급 잡지에서 푹신한 베개와 크고 도톰한 이불, 퀼트로 누빈 침대 덮개가 침대 전체를 뒤덮고 있어서 잠들기에 딱 적당한 정도의 무게감을 만들어줄 것 같은 킹사이즈 침대를 보면 가위로 오려 스크랩북에 모아둔다고 했다. 사진 속의 도톰한 침구는 다마스크damasks(실크나 리넨으로 양면에 무늬가 드러나게 짠 두꺼운 직물-옮긴이), 피마면pima cotton(이집트 목화를 고강도 섬유로 개량한 것-옮긴이), 자카드, 실크로 만든 것으로서 사람을 어르고 달래 잠들게 하려고 제작된 것이다. 그 점이 강하게 와 닿았다는 친구는 잠을 이룰 수 없을 때마다 일종의 직물 포르노인 스크랩북을 꺼내 사진 속에 자신을 투영한다.

　친구가 가장 아끼는 사진은 크루즈 여행 홍보용 브로슈어에서 오려낸 것이다. 사진을 보고 있노라면 호화 요트의 푹신한 침대에 푹 잠기는 듯한 착각이 든다고 한다. 달빛이 내려앉은 수평선에서 흩어지는 짙은 윤슬을 바라보며 물결에 따라 부드럽게 흔들리는 선체의 움직임을 느끼고, 자궁처럼 자신을 감싸고 있는 정박선의 작은 창문 밖에서 그녀를 향해 손짓하는 파도 소리가 들리는 것만 같다고 말이다. 이 역시 온몸을 싸안는 감각이다.

그런가 하면 내게 골무꽃skullcap을 추천해준 불면증 동지도 있다. 아직 골무꽃을 먹어본 적이 없다면 당신은 진정한 잠의 의미를 모르고 산 것이다.

골무꽃은 다양한 이름으로 불린다. 푸른뚜껑별꽃blue pimpernel, 황금Scutellaria, 黃芩, 그랜드 토크Grand Toque, 투구꽃helmet flower, 두건hoodwort, 미친개허브mad-dog herb, 미친개골무꽃mad-dog skullcap, 미친대마mad weed, 퀘이커 보닛Quaker bonnet(퀘이커 교도들이 사용하는 모자로 턱 밑으로 끈을 묶게 되어 있으며 여자아이나 아기들에게 씌워준다–옮긴이) 그리고 스퀴텔레scutellaire. 간 손상을 유발할 수 있기에 주의해서 복용해야 하지만 그건 술도 마찬가지다. 게다가 술이라면 나는 이미 수면 보조제와 함께 무분별하고 부주의하게 섭취하고 있으니 더 말할 것도 없다. 하지만 피부가 쭈그러들고 눈이 툭 튀어나오고 머리를 가누기 힘든 데다 뇌 속이 간지러울 정도로 몸 상태가 절박한 단계라면, 몸이 계속 으슬으슬하고 좀체 가만히 있을 수 없다면 당신도 골무꽃을 찾을 것이다. 장담하는데 골무꽃을 한번 먹으면 '죽은 듯이 잔다'라는 관용적 표현의 참된 의미를 이해할 수 있다.

어머니는 어릴 적 별이 수놓은 바그다드 밤하늘을 지붕 삼아 잠들었다고 한다. 담장이 높이 솟은 구시가지의 타운하우스에 살고 있던 외가 식구들은 형언할 수 없을 정도로 열기가 달아오른 밤마다 다 같이 건물 옥상으로 얇은 매트리스를 끌고 올라가 그곳에 침실이라는 사적인 공간을 재현하려 했다. 그 모습을 상상해보라. 대가족이었던 외갓집 식구들은 저마다 지정된 구역이 있었고, 영화관 스크린처럼 얇은 커튼을 드리워 구획을 나누었다. 어머니와 이모는 길가에서 나는 소리가 한데 뭉개져 정체를 알 수 없는 소음이 들려오던 아늑한 구석 공간을 함께 썼다. 중요한 것은 마치 기숙사처럼 다 같이 모여 잔다는 사실인데, 이런 수면 환경이라면 마음이 한결 놓인다. 불면의 밤을 보낼 확률도 다 같이 공유하게 된다. 혹여 잠에서 깬다 해도 당신 홀로 깨어 있지는 않다.

하지만 어머니는 소란스럽다거나 불안해 잠 못 이룬 밤은 없었다고 한다. 기억나는 것이라고는 이불 속에서 이모와 꼼지락거리며 들뜬 마음으로 수다를 떨고, 서로 비밀을 교환하고, 별빛이 반짝이는 밤하늘을 담요 삼아 잠든 밤들이다. 수다를 떨다 이야깃거리가 동나면 어머니와 이모는 반짝이는 별들이 펼치는 경이로운 장관을 벅차오르는 눈길로 바라보았다. 하늘을 지붕 삼아, 보드라운 밤바람을 벽 삼아 잔다는 건 어떤 느낌일까? 옥상이 바닥이 되고 사막에서 불어오는 바람이 꿈을 실어다 주는 침실이란 어떤 것일까? 분명 우리라는 존재 위에 두껍게 쌓인 죽은 각질이 깎여나가고 숨어 있던 속살이 공기와 접촉하는 느낌일 것이다.

나 역시 높이 솟아오른 하늘의 장대함에 관해 사색하며

나 자신을 초월하는 벅차오름을 경험하고 싶다. 내가 보고 싶은 것은 천사나 도깨비, 요정, 번쩍거리는 별이나 외계인 우주선 따위가 아니다. 불가사의할 정도로 광활한 우주 그 자체, 루미가 "어느 곳에도 없는 사랑"이라 묘사했던, 무한히 멀어지기만 하는 깊은 어둠. 그것들에 가닿기를 갈망한다.

프랑스 철학자 가스통 바슐라르Gaston Bachelard는 세상에 존재하지 않을 듯한 관계에 관해 연구했다. 거대한 우리 외부의 세계와 격렬한 우리 내면의 세계 사이의 연관성에 관한 것이었다. 냉철하고 동떨어진 세계와 열정적이면서 완강한 세계. 두툼한 두께만큼이나 금은보화에 버금가는 값진 통찰로 가득한《공간의 시학》에서 바슐라르는 우리가 믿음을 바탕으로 영혼을 열어 보일 때 창의성을 온전히 발휘할 수 있게 되는 것처럼, 외부 세계와 내부 세계 사이에도 신뢰를 기반으로 한 친밀한 관계가 성립된다고 표현했다. 방법이야 어쨌든 바슐라르의 논리에 따르면 우리의 몸은 세계를 담는 그릇이 될 수 있다. 사랑에 빠졌을 때도 그렇지 않은가? 사랑으로 인해 우리의 내면이 얼마나 확장되는지 발견하고 감탄하는 경험.

우주에 관해 사색함으로써 우리는 마치 시간의 강을 유영하듯, 단순히 영적으로 성장할 뿐 아니라 아직 깨어나지 못한 잠재력과 모든 가능성을 인지하게 된다. 우주의 광활함이 안겨주는 이 느낌은 한 사람이 감당하기엔 너무 벅찬 감정 같다.

아주 드물지만 도취에 가까울 정도로 격앙된 불면 상태에서 그런 벅찬 감정을 느꼈던 적이 있다. 구멍이 송송 뚫린 밤의 모습처럼 내 앞에 벌어질 모든 일에 마음이 열리고, 유연하게 흐르는 우주와 하나가 된 듯한 기분이었다. 하지만 그런 경우는 손에 꼽을 정도로 드물며 그 외에는 아주 반대되는 감정 상태다. 대개는 머릿속에 갇혀 옴짝달싹하지 못하고, 도저히 뚫고 지나갈 수 없는 어둠에 짓눌려 위축된다. 침실은 흡사 점화되기만을 기다리는 오븐, 다시 말해 죽은 공간과도 같다.

헤어나올 수 없이 끈적이는 밤의 바닥에 가라앉아 있을 때 불면증이 찾아오면 시각의 한계를 뼈저리게 깨닫는다. 당신의 몸은 침대에 고정되고, 당신의 눈이 닿았던 수평선은 모조리 지워져 어둠에 가로막힌 기분이 든다. 그야말로 숨통을 조이는 압박감이다.

소설가 블라디미르 나보코프Vladimir Navokov는 잠을 이루지 못할 때 잔뜩 들떠 신경과민 상태가 되는 것을 즐겼기 때문에 불면증을 태양 표면이 폭발하는 장면[실제로는 선버스트Sunburst(구름 사이로 햇살이 쏟아져 내리는 현상-옮긴이)라는 단어를 사용했다]에 비유한 바 있다. 동시에 나보코프는 완벽히 어두워지는 것을 두려워해 밤이면 침실 문을 살짝 열어두었다. 그는 "잠이 들면 암흑 속에서 영혼이 흩어져버리듯, 완벽한 어둠 속에서는 머리가 빙빙 돌며 현기증을 느끼기 때문에 문틈으로 새어 들어오는 희미한 한 줄기 불빛만이 내가 의지할 수 있는 유일한 존재"라고 말했다.

요즘 내 수면을 주로 방해하는 것은 통증으로, 산통과 비슷하다. 주로 골반에 집중되는데 레이더 화면 중앙에서 꾸준히 박동하는 신호처럼 내 골반은 잊을 만하면 한 번씩 한쪽 다리로 불타오르는 듯한 통증을 내려보낸다. 이런 통증이 느껴지면 신경이 그쪽으로 쏠릴 수밖에 없어 집중력이 떨어지곤 한다. 뜬눈으로 누워 있자면 어둠 속에서 보이지 않는 내 몸이 하나의 거대한 골반인 것만 같다. 이불 아래에서 내 몸은 조각조각 분해되었다가 통증을 유발하는 관절이 과장되게 커지고 그 주변으로 관절들이 틀어진 채 재조립되어 피카소 그림에 등장하는 여인처럼 변해간다.

결국 나는 자리에서 일어난다. 통증에서 벗어나기 위해 일어나고, (폐경 때문에 생기는) 식은땀과 열로 인한 땀으로부터 자유로워지기 위해 일어나고, 전적으로 무의식적인 행동이었지만 서서히 내 아랫니 세 개를 뭉툭하게 갈아먹은 이갈이를 멈추기 위해 일어난다. 갈려 나간 아랫니 세 개를 따라 드러난 상아질dentine 능선은 흡사 험준한 바위 골짜기에 놓인 진귀한 광석의 윤곽처럼 보인다. 가끔은 이갈이 탓에 턱이 욱신거리기도 한다. 치과의사가 어설픈 솜씨로 어금니를 당기고 부수느라 내 입을 오래 벌려두었을 때 느껴지는 뻐근함 같다. 자세를 바꾸면 골반 통증이 줄어들다가도 다른 통증이 그 자리를 대신한다. 어찌 됐든 통증은 일어난다.

기어코 잠들 수 없을 때 나는 이런 식으로 각성 상태와의 휴전 협정을 맺는다.

동화에 나오는 것처럼 꿈도 꾸지 않고 뒤척임도 없이 순하게 숙면할 수 있는 마법의 주문이 있다면 내 무엇인들 내놓지 못하겠는가? 내가 말하는 건 바늘에 찔리고, 저주에 걸리며, 독이 든 사과가 등장하는 동화다. 나른한 낙원으로 가는 가시밭길. 설탕이나 향신료, 즐거운 순간 따위를 이야기하려는 게 아니다. 그런 것들은 잠을 더 몰아내기만 할 뿐이다.

패러독스 #1. 불면증 환자라면 다들 알겠지만, 잠들려고 애쓰면 애쓸수록 잠은 더 멀리 달아난다. 잠과 나 사이의 밀고 당기는 게임에 대해서는 쉽게 풀어볼 수 있다. 잠에 양보하거나 잠이 나를 찾아오기만을 기다리는 수동적인 상황에 대처할 묘안이란 없기 때문이다. 시인 윌리엄 워즈워스William Wordsworth는 잠에 부치는 헌정 시 〈잠에게To Sleep〉에서 불만을 토로한다.

지난밤과 앞선 두 밤처럼,

잠이여, 나 그처럼 누워 은밀히 애써도

너를 얻지 못하였노라.

고통스러운 경험을 통해 워즈워스는 속임수를 써도, 잠이 찾아올 만한 행동을 해도 잠들 수 없다는 것을 깨달았다. 망각은 감언이설로 구슬려 얻을 수 없다. 또한 인간이 자연을 진두지휘할 수 없듯이 잠에 명령을 내리는 것도 불가하다. 잠은 우리가 복종할 때 비로소 찾아온다. 잠은 애써서 얻을 수 있는 것이 아니라 유혹하듯 손짓해야만 한다. 이를 깨달은 워즈워스는 읊조린다. "오라."

패러독스 #2. 잠은 여하간 삐딱하다. 잠을 한번 불러보라. 잠은 당신에게 퇴짜를 놓곤 어느 순간 갑자기 들이닥

칠 것이다. 잠과의 관계에서 우리는 근본적으로 사면초가 신세다.

길가메시Gilgamesh는 나의 조상들이 터를 잡았던 고대 우르크의 까탈스럽고 고집 센 전사이자 왕으로, 문학에서 지독한 불면증 환자로 등장한다. 수많은 전쟁에서 헤아릴 수 없이 많은 이의 목숨을 앗으며 승리를 거둔 길가메시는 승리감에 도취해 잠을 이루지 못한다. 그는 배고픈 하이에나처럼 먹이를 찾아 어슬렁거리며 초조해한다. 그리고 각성한 상태에서 자아비판을 시작하는데, 그의 정신은 만족하는 법이 없으며 항상 더 많은 것(땅, 부, 여인, 피)을 갈구한다. 불면증은 특히 탐욕스럽다. 길가메시는 불면증이 승리를 의미한다고도 생각했다. 그에게 필사의 어둠이란 있을 수 없는 일이었다. 그에게는 오로지 철야로 지속되는 빛만 존재했다. 적에 대한 경계 태세를 늦추지 않는 영원한 불침번, 그리고 전투에 대한 욕구. 당연히 잠을 이루는 것은 불가능했다. 어쩌면 그는 자신과 싸움을 벌였다고 말할 수도 있겠다. 그에게 진정한 전장은 정신과 맞서야 하는 내면의 세계이기에.

〈길가메시 서사시〉에서 불면증은 야망을 상징한다. 그리고 길가메시의 야망은 경계를 모른다. 즉 그의 야망은 국경도 가리지 않으며 낮과 밤도 가리지 않는다. 길가메시에게는 필멸의 운명조차도 하나의 문턱일 뿐이다. 그는 우트나피쉬팀Utnaphishtim(메소포타미아 신화에 나오는 홍수 설화의 주인공으로 길가메시가 불로초를 얻기 위해 찾아간 인물-옮긴이)과 같은 불멸을 갈망한다. 우트나피쉬팀은 메소포타미아의 노아 같은 존재로, 인류를 쓸어버리기 위해 홍수를 일으킨 신은 목표 달성을 목전에 두고 회한에 잠겨 우트나피쉬팀에게 불멸의 삶을 선물했다. 우트나피쉬팀은 예상한 대로 길가메시를 시험에 들게 하고 그에게 "7박 6일간" 잠들지 말 것을 명령한다. 그러자 잠은 누구도 반기지 않는 불청객처럼 찾아온다. 그리고 우리의 까탈스러운 영웅 길가메시를 너무나도 인간적인 잠에 빠트린다.

삐딱한 성격에 대한 말이 나온 김에 최근 내가 불면증 치료를 위해 5주 과정 인지행동 치료에 등록한 이야기를 해야겠다. 치료 과정에 등록하자마자 나는 전에 없이 푹 잘 수 있었다. 병원 진료를 예약하자마자 당신을 줄곧 괴롭히던 증상이 사라지는 것처럼 말이다.

1906년 말경 프랑스의 두 과학자 르네 르장드르René Legendre와 앙리 피에롱Henri Piéron은 개를 대상으로 수차례 실험을 진행했다. 이들은 개들을 두 그룹으로 나누고 한 그룹은 목줄을 채워 벽에 서 있게 했다. 목줄 때문에 바닥에 누울 수 없던 개들은 며칠간 잠을 잘 수 없었다. 르장드르와 피에롱은 잠을 이루지 못한 개들의 척수액에서 힙노톡신hypnotoxin 수치가 높게 나타날 것으로 예상했고 개들을 죽인 후 척수액을 추출했다. 힙노톡신은 각성 상태가 장기화되면 개의 몸에 축적되는 수면 유도 화학 분비물이다. 르장드르와 피에롱은 이 척수액을 건강한 개들에게 주사해 한 마리도 빠짐없이 즉각 잠드는 것을 확인했다. 예측이 너무나 쉽게 증명되자 두 사람은 수면을 유도하는 묘약을 발견했다(고 믿)고 발표했다.

나는 힙노톡신이 실재하는 물질인지 알고 싶다. 우리는 한때 과학자들이 심어준 환상에 속아 플로지스톤phlogiston 이나 에테르 같은 물질이 실재한다고 믿었다. 힙노톡신 역시 허상의 물질 아닐까? 아니면 동화 작가인 페로Perrault, 안데르센Andersen, 그림Grimm 형제가 창조한 존재론적 발명품처럼 아예 다른 무언가일 수도 있다.

힙노톡신이 존재할지도 모른다는 가능성에 매료된 수면 연구자가 또 있었다. 바로 콘스탄틴 폰 에코노모Constantin von Economo다. 그는 1917년 처음 발견되어 10여 년간 전 세계에서 500만 명의 목숨을 앗아간 정체불명의 수면 질환에 최초로 병명을 부여한 로마 출신의 의사다. 당시 유행한 그 수면 질환은 영화 〈007〉 시리즈 속 악당이 발명했을 법한 무기처럼 보이기도 하고 주제 사라마구José Saramago의 소설에 등장하는 소재 같기도 하다. 정체불명의 병에 걸린 사람들은 급작스러운 고열에 시달리고 환영을 보았으며, 저주에 걸린 듯 다시는 깨지 않을 것처럼 긴 잠에 빠졌다. 환자들 대다수는 그 후 자연스럽게 숨을 거두었다. 보통은 잠든 상태에서 생을 마감했지만 진정제가 무용할 정도로 극심한 통증에 시달리다 죽는 경우도 왕왕 있었다.

폰 에코노모가 '엔세팔리티스 레타지카encephalitis lethargica (기면성뇌염)'이라고 명명한 이 질환은 신경학자 올리버 색스Oliver Sacks의 저서 《깨어남》의 주제가 되기도 했다. 의학계에 반향을 일으킨 이 책은 색스가 실제 생존 환자들을 치료하며 남긴 진료 기록에 기반하고 있다. 당시 환자들은 반응도, 미동도, 말도 하지 않고 세상으로부터 차단된 상태에서 주변 환경에 대해 무관심으로 일관했다. 그러다 이들에게 레보도파levodopa를 투여하자 마법처럼 잠에서 깨어났다. 키스 한 번으로 잠에서 깨어나 생기를 되찾은 동화 주인공처럼 40여 년 만에 인생을 되찾은 환자들은 마치 아무 일 없었다는 듯, 40년이라는 시간이 전혀 흐르지 않은 것처럼 자신의 예전 정체성에 안착했다. 회복된 환자들은 영민하며 적극적이었고, 사람들과 소통하기를 좋아하며 희망에 넘쳐 새로운 계획을 잔뜩 세웠다. 그리고 일시적이었던 레보도파 효과가 사라지면 하나둘씩 무기력한 상태로 돌아가, 다시 병이 속삭이는 나른한 주문에 걸려들었다.

색스의 환자 중 한 사람이었던 레너드 L.Leonard L.은 일시적인 각성 상태가 되면 병에게 갈취당한 시간을 있는 힘껏 긁어모았다. 그는 가능한 자극을 모두 좇았고 온몸으로 향락을 빨아들였다. 색스는 이렇게 기록했다. "레너드 L.은 자기 주변에서 벌어지는 모든 일에 진심으로 즐거워했다. 위독한 상태에서 건강을 되찾았다거나 악몽에서 막 깨어난 사람 같았고, 매장당하거나 투옥되어 있다 풀려난 사람 같기도 했다. 그는 자신을 둘러싼 모든 것이 발산하는 자극과 아름다움에 순식간에 빠져들었다." 각성 상태의 레너드 L.은 현실에 취하다시피 했다. 병원 정원에서는 꽃잎과 풀잎을 어루만지다 허리를 굽혀 식물들에 키스했고, 밖에 나가면 택시를 타고 뉴욕 거리를 누볐다. 그리고 네온사인으로 흠뻑 젖은 뉴욕의 야경에 벅차올라 금방이라도 숨이 멎을 것 같은 모습으로 병원에 돌아오곤 했다. 어느 날은 단테 알리기에리Dante Alighieri의 《신곡》 천국 편을 읽으며 기쁨의 눈물을 흘리기도 했다. 레너드 L.은 색스에게 마치 구원받은 기분이라며 "부활해 새 사람으로 태어난 것만 같아요. 은총에 가까운 생명력이 느껴져요. 사랑에 빠진 심정"이라고 털어놨다.

과할 만큼 고양된 상태는 오래가지 못했다. 색스는 레너드 L.이 느꼈던 삶의 잉여분, 이 '차고 넘침'이 금세 그를 압도했다고 회상했다. 과도한 생기는 레너드 L.을 절벽 끝으로 밀쳐냈다. 그가 은총이라고 표현했던 생명력은 조증으로, 자신이 메시아라는 환상으로 변질되었다. 그가 40년이나 잠들어 있던 점을 고려하면 그럴 만도 했다.

나는 레너드 L.의 조증과 부풀어 오른 자의식에 감화되었고 그가 묘사한 압도적인 생의 기쁨에 깊이 감명받다 못해 부럽기까지 했다. 세상에 '차고 넘치는 생명력'을 갈망해보지 않은 사람이 과연 있을까? 나는 그가 도미노처럼 무너져내리며 소멸했던 과정을 읽고 어안이 벙벙해졌다. 레너드 L.의 내적, 외적 사고는 점점 리비도libido의 지배를 받게 되었다. 그는 에로틱한 꿈을 꾸다 소리를 지르며 깼고, 낮이면 집요한 욕구에 시달렸다. 그는 매일 변태적인 이야기만 해댔고 간호사들의 신체 부위를 움켜쥐거나 내킬 때마다 자위를 했다. 눈에서 시작해 얼굴 전체를 찌푸리거나 혀를 차고, 손이 보이지 않을 정도로 빠르게 몸을 긁는 등 다양한 틱 증상까지 보였다. 또 과하게 친근하게 굴었고 과하게 수다스러워졌다가 충동적이고 강박적으로 변했다. 치료 6주 차가 되자 레너드 L.은 완전히 도취된 상태에서 5만 자 정도 되는 자서전을 "멈추지 않고 타이핑"했다. 하지만 한 달도 채 되지 않아 색스는 레너드 L.이 고문, 죽음, 거세에 관한 생각에 사로잡혀 자살 충동을 동반하는 우울증에 빠진 것을 발견했다. 이 모든 동요가 갑자기 멈추었을 때 레너드 L.은 미동조차 없던 예전 상태로 돌아왔고 그 후로 입을 여는 일은 거의 없었다.

이후 레너드 L.은 아주 드물게 몇 마디씩 내뱉었는데, 한번은 색스에게 레보도파가 악마의 약이라는 말을 남겼다. 자신에게 다시 선택할 기회가 주어진다면 약물 대신 어둠을 택할 것이라면서.

콘스탄틴 폰 에코노모는 1920년대에 이 수면 질환을 앓았던 사람들의 뇌를 해부했는데 대부분 사람들이 뇌간 시상하부가 손상된 것을 관찰할 수 있었다. 그는 시상하부가 일종의 신경수면제어 센터 역할을 한다고 추측했다. 실제로 오늘날에는 사람들의 시상하부를 자극해 수면을 유도한다.

만약 수면학자들이 '잠자는 숲속의 공주'의 뇌를 열어본다면 무엇을 찾아낼 수 있을까? 그녀가 100년간 잠들어 있었고 세상 사람들은 그녀가 죽은 줄 알았다는 사실을 보면, 굳이 뇌를 해부해보지 않아도 분명 그녀는 수면 질환을 앓고 있었을 것이다. 공주의 시상하부는 강제적인 내분비 과작용으로 부어 있었을까? 공주에게 전극을 부착했더라면 공주의 뇌파는 어떤 선을 그렸을까? 미지의 수면 물질이나 수면 유도성 힙노톡신을 찾아 나선 수면학자들을 상상해보자. 이들은 공주에게서 의학계 만병통치약처럼 언급되는 멜라토닌melatonin은 물론이거니와 상당한 양의 아데노신adenosine이나 세로토닌serotonin, 성장 호르몬을 분비하기 위해 생성되는 호르몬 따위를 검출해 이것이 졸음을 유발한 원인이라고 지적했을 것이다.

내가 너무 심각하게 생각하는지도 모르겠다. 잠에 빠진 것은 아름다운 공주의 뇌가 아니라 심장이었으니까.

버스콧 공원Buscot Park은 런던에서 북서부 쪽으로 약 137킬로미터 떨어진 곳에 있다. 웅장한 이탈리아풍 정원 가운데 회색 돌로 지은 저택이 우뚝 서 있는 버스콧 공원은 패링던 경Lord Faringdon의 소유로, 현재 영국 국민신탁National Trust이 저택 일부를 관리하고 있다. 저택의 응접실인 살롱은 내 눈에는 과할 정도로 화려하다. 엠파이어 가구, 무라노 샹들리에, 도금된 벽 패널로 장식된 독특한 살롱에는 '작은 들장미'(《잠자는 숲속의 공주》의 원전 중 하나로 그림 형제가 쓴 것이다-옮긴이)에 얽힌 이야기를 담은 회화 걸작 네 점이 걸려 있다. 그곳에 걸린 그림들은 후기 라파엘전파 화가였던 에드워드 번존스Edward Burne-Jones의 작품이다. 근 40년간 그의 뇌리를 떠나지 않은 주제를 다루었기에 거의 일생을 바친 작품이라고도 할 수 있다. 1890년 런던 본드 스트리트의 애그뉴 앤드 선스Agnew & Sons와 토인비 홀에서 열린 번존스의 전시는 반향을 일으켰다. 관객은 풍부한 포레스트 그린, 로열 레드, 라피스 블루가 뿜어내는 광채에 마음을 빼앗겨 숨을 쉬지 못했다. 이들은 화폭을 가로지르는 나른한 아라베스크 문양의 구조적인 선에 매혹되었고, 뒤엉킨 들장미 덩굴을 지나 대회의실 벽에 걸린 장막의 주름 너머 공주가 잠든 침실까지 그림이 이끄는 대로 시선을 빼앗기고는 감격의 탄식을 뱉었다. 배우 엘린 테리Ellen Terry는 그림 앞에서 눈물을 흘리기까지 했다.

그림을 보고 "다른 세계로 빨려들었다"라고 주장한 한 관객은 "잘 차려입은 여성들이" 조용히 작품 앞에 앉아 "독이 묻은 요술 바늘에 찔려 잠든 숲속의 공주처럼 미동조차 없던 모습"을 잊지 못할 것이라고도 말했다.

독이 묻은 바늘이라니! 내게도 매우 익숙한 이야기다. 내 어린 시절 기억 속에도 바늘이 등장한다. 아빠는 쿠튀르 디자이너였다('의상으로 요술을 부리는 마법사'라고 불릴 자격이 있다). 그렇다고 요술 바늘이 우리 집에 있었던 건 아니지만, 밤새 옷을 다듬고 주름을 만드는 데 쓰였던 옷핀이 카펫 털 사이사이에 한 무더기 가까이 묻혀 있었다. 맨발로 집 안을 뛰어다니는 아이라면 겪을 법한 귀여운 사고라고 생각할 수도 있지만 나는 옷핀을 밟을 때마다, 그것도 꽤 자주, 그 자리에 얼어붙은 채 상처에 맺힌 순도 100퍼센트의 새빨간 핏방울을 내려다보며 내가 결계를 깨고 세상에 악령을 풀어준 게 아닐까 두려워했다.

바로 그런 망상을 떨쳐내기 위해 버스콧 공원에 왔다고 하면 믿겠는가? 백내장에 걸린 것처럼 시야를 혼탁하게 흐리고 감정에 막을 덧씌워, 들장미 그림을 보고 느낀 진솔한 감상이 무엇인지 알 수 없게 만드는 망상.

지속되는 불면증으로 점차 나는 잠자는 공주를 갈망의 대상으로 삼기 시작했다. 손에 넣기 어려운 이상적인 모습, 완벽한 것만이 갖춘 특질 같은 것. 하지만 바로 여기, 지금의 나는 잠자는 숲속의 공주 이야기 속으로 소환될 생각은 추호도 없다. 얼음처럼 굳어 사지를 움직이지 못하던 공주나, 한껏 꾸민 채 그림 앞에서 넋을 놓고 탄식하던 빅토리아 시대의 여인은 되고 싶지 않다. 난 깨어나고 싶다. 번존스의 작품에는 우물가에서 졸고 있거나 작동을 멈춘 방직기 위에 엎어져 잠든 시녀가 등장한다. 나는 작품 앞에 서서 그림 속 여자들이 뿜어내는 무기력한 유혹과 맞서 싸웠다. 게다가 나는 작품 속 누워 있는 수동적인 공주에게 전혀 공감할 수 없었다. 잠들자 아름다운 공주가 되었다는 그림 속 인물은 사람이라기보다 누군가를 위한 선물 또는 전달자, 그도 아니면 열쇠 같지 않은가. 어떤 각도에서 보더라도 공주는 교환의 도구로밖에 보이지 않았다.

수정주의적 몽상에서 깨어났다는 기쁨에 젖어 있던 나는 어린 시절 나의 마음을 사로잡았던 또 다른 공주가 떠올랐다. 동화 속 공주는 불면증을 앓았고, 매트리스를 탑처럼 높게 쌓은 침대에서도 끝내 잠을 이루지 못했다. 이 이야기는 매트리스 아래 깔린 콩 한 알 때문에 잠을 이루지 못한 공주가 섬세한 사람이었음을 말해주려는 것처럼 보이지만 나는 확실히 알 수 있다. 공주 역시 그저 성미가 고약하고 평범한 소녀일 뿐이다. 내 경험상 사람들은 흔히 신경증 환자를 보면 병적 증세라기보다는 성격이 고상한 탓이라고 너그럽게 이해해준다.

나아가 진정한 의미에서의 잠이 미동조차 없는, 완벽한 정지 상태를 뜻하는 것도 아니다. 우리가 잠들어도 몸은 완벽하게 휴식을 취하지 않는다. 침실 천장에 카메라를 설치하고 잠든 모습을 녹화한다면 다음 날 아침, 한밤의 댄스 공연을 펼쳤던 자신을 발견할 것이다. 침대 위에서 엎치락뒤치락 몸을 뒤집었다 구르고, 발을 차며 코를골거나 코를 먹기도 하고, 자위하고 꿈을 꾸는 일련의 안무. 잠이 든 우리는 아름답지도, 정적이지도 않다.

버스콧 공원에 도착하자 어린 시절의 기억이 폭포처럼 쏟아져 나왔다. 어릴 때 나는 잠이 끔찍하게 두려웠다. 잠들면 찾아오는 백지 같은 부재 상태가 진심으로 무서웠던 나는 잘 시간만 되면 매번 다른 핑계를 대며 잠들지 않을 온갖 방법을 고안하곤 했다. 물론 그래봐야 난동을 피우며 심통을 부리고, 빤한 속임수를 쓰는 게 전부였다. 나는 소등 시간마다 작은 반역을 일으켰다. 여섯 살이었던 내게 잠은 더 이상 물리적 즐거움을 즐길 수 없도록 나의 세계에 장막을 내리는 저주였다. 놀이 시간도, 세상을 탐험하는 일도, 친구들도, 보글보글 거품처럼 부풀어 오르는 생각들도 모두 장막 뒤로 사라졌다. 잠은 내게 천벌과도 같았다(당연히 손전등은 친구 같은 존재였다). 나는 작은 침대 위에서 꿈틀대며 열심히 잠을 거부하느라 진이 빠지면서도 절대로 잠에 굴복하지 않겠다고 다짐했다. 어쩌면 그 시절 나는 소멸과 싸우고 있었던 건지 모른다. 잠이 나를 이기려면 불시에 급습하는 수밖에 없었다.

번존스가 〈들장미〉 시리즈를 그렸던 시절에는 하고 싶은 말도, 해야 할 일도 많았던 수많은 성인 여성 역시 억지로 잠들어야만 했다. 그들은 정신이 널뛰듯 난리 치는 탓에 섬세한 신경이 이를 감당하지 못하는 히스테리 환자나 우울증, 신경쇠약 환자라는 진단을 받았고 강력한 안정제를 복용해야 했다. 이들 대다수는 불면증을 앓았다. 식이장애를 앓는 이도 있었고 자살 충동을 느끼는 이도 있었다. 이들은 엄마와 가정주부라는 역할 외에는 어떤 선택도 용납하지 않았던 사회적 제약에 (나름의 방식으로) 저항한 것일 수도 있다. 신경증세, 불면, (타인에 의해 지워지기 전에 스스로 사라지려는 행위로서의) 절식絶食 같은 행위가 그들이 선택한 시위 방식이었다.

새롭게 깨달은 것이 또 있다. 어릴 적《잠자는 숲속의 공주》를 읽었을 땐 어떤 못난이가 공주를 질투하다 못해 저주를 내려 공주가 잠에 빠진 것이라고 굳게 믿었다. 매력적인 사람들의 세계에서 배제당한 못난이가 불러온 위대한 고난. 동화를 처음 읽었을 땐 잠든 공주의 이야기가 어딘가 이상하다고 느꼈지만 정확히 무엇이 문제인지는 알지 못했다. 하지만 못난 구석 없는 인생은 납작하고 지루할 뿐 아니라 삶의 가치라고는 찾아볼 수 없다. 모가 깎여나간 삶은 저주에 걸려 잠드는 것만큼이나 모든 측면에서 상상력이라고는 찾아볼 수 없어 지루할 뿐이다.

4장

○

쿨쿨이와 나는 요즘 삶의 못난 면을 꽤 많이 접했다. 너무
도 이른 때에 급작스럽게 떠난 친구들의 죽음, 노화와 질
병으로 쓰러진 연로한 친척들, 우리 자신도 몰랐던 우리
의 위기 대처 능력을 발견하는 계기가 되었던 가족 내 격
변과 그에 따른 격렬한 거부 반응과 트라우마들. 생애주
기에 따라 만나게 되는 삶의 추한 과정을 거치며 우리는
더욱 돈독해졌다. 쿨쿨이와 나는 그저 살아 있기만 해도
반드시 겪게 되는 고통에 맞서 싸우겠다며 방어책을 세운

다는 것이 얼마나 무의미한지 깨달았다.

기쁠 때나 슬플 때나, 풍요로울 때나 빈곤할 때나. 쿨쿨이와 나는 절대 이런 식의 성혼 서약서를 쓰고 싶지 않았다. 검은 머리가 파뿌리 될 때까지 사랑하겠다는 표현도 마찬가지다. 우리는 둘만의 쉼터를 꾸리고 그 안에서 우리만의 뿌리를 내리는 것만으로 충분하다고 생각했다.

우리에겐 실제로 물리적 휴식을 취할 수 있는 터전이 있었다. 내가 고독한 생활의 문턱을 넘어 그의 삶에 들어온 것을 기념하며 쿨쿨이가 선물한 침대다. 쿨쿨이는 침대를 사니 유명 브랜드의 매트리스가 딸려 왔다며, 이 매트리스 값만 해도 600달러는 된다며 내게 자랑스럽게 말했다(당시만 해도 엄청나게 큰 금액이었다). 그 침대는 쿨쿨이가 이전 결혼 생활이 실패로 끝나고 팰로앨토Palo Alto(캘리포니아 실리콘밸리 북부에 있는 도시-옮긴이)로 넘어온 뒤 얻은 조그마한 스튜디오의 절반을 꽉 채울 정도로 컸다. 나는 그 침대에서 숙면했지만 쿨쿨이는 그렇지 못했다. 그 때까지만 해도 쿨쿨이와 나는 몇 달에 한 번, 아주 짧고 굵은 시간을 함께하기 위해 대서양을 건너 서로의 세계에 뛰어드는 방식으로 관계를 이어왔다. 하지만 어느 시점에 내가 막대한 양의 책과 그림, 캐리어 두 개를 꽉 채운 옷가지, 소중한 탁상시계, (나는 '세월의 때'가 탔다고 생각했던) 낡아빠진 커피머신, 낯선 환경에서 조금이라도 안정을 취하기 위해 챙겨온 담요 등을 끌어안고 그의 집에 들어왔다. 덕분에 쿨쿨이 집에 있던 물건의 위치나 순서가 모두 바뀌었고, 그는 새로운 환경에 잘 적응하지 못했다.

팰로앨토에서 보낸 처음 몇 주간 어떤 것이 가장 기억에 남았던가? 솔직히 말하면 한 달도 안 되어 조금 더 넓은 샌프란시스코 집으로 이사하는 바람에 별다른 기억이 없다. 재미있었던 거라면 도시 안의 조그마한 시내로 들어설 때 팰로앨토의 부유층을 고객으로 하는 레스토랑에서 내뿜는 증기가 우리를 포근하게 감쌌다는 것이다. 마늘과 허브 향이 섞인 증기는 따뜻하며 향기로웠다. 쿨쿨이가 출근하고 나면 같은 길을 지나면서도 그 어느 때보다 외롭다고 느꼈다. 바가지라고 생각되는 가격에 장식품을 팔던 고급 상점들을 들락날락하고 가게 직원들과 담소를 나누며 대서양 건너편 나라 특유의 비음을 흉내 내거나 소속감이라는 개념을 실험해보기도 했다.

그보다 더 좋은 추억, 더 생생한 추억이라면 레트로한 아이스크림 가게에 들어가 빨간 비닐 가죽을 덧댄 소파 위로 미끄러지듯 자리를 잡았던 장면이다. 쿨쿨이는 맞은편에서 스푼을 들고 앉아 있었다. 아이스크림 가게는 시간여행을 온 듯한 착각을 불러일으키는 모조품으로 꾸며져 있어 먹는 즐거움에 보는 즐거움까지 있었다. 소파에 덧씌운 비닐 가죽은 허벅지에 달라붙어 다리를 뗄 때마다 쩍 하고 끈적한 소리를 냈고, 여자 종업원들은 1950년대 TV 시트콤에서 튀어나온 듯 하얀 프릴 앞치마를 두르고 있었다. 머리를 높이 올려 묶은 그들의 정수리에는 수줍게 말린 곱슬머리가 대롱거렸다. 쿨쿨이는 니커보커 글로리knickerbocker glory(파르페처럼 과일 위에 아이스크림과 샌크림을 얹은 디저트-옮긴이)의 미국 버전 같은 메뉴를 시켰는데, 양이 어마어마했다. 선박 모양의 그릇에 담겨 나온 쿨쿨이의 디저트는 자르지 않은 바나나 위로 생크림이 속이 빈 소라 모양으로 얹혀 있었고, 생크림 위에는 입안에서 톡톡 터지는 사탕과 스프링클이 형형색색의 색종이 조각처럼 흩뿌려져 있었다. 우리는 서로 그릇의 양 끝에서부터 아이스크림을 파먹기 시작했고, 나는 전투에 나온 사람처럼 맹렬하게 아이스크림을 흡입했다. 나는 영국을 대표해 아이스크림을 먹어 치웠다.

팰로앨토의 자랑인 아르데코 대극장은 폐관 위기에 처했었으나 휴렛팩커드 창업자 중 (누군지 기억나지 않는) 누군가가 극장을 위기에서 구해냈다. 대극장의 스크린 위로는 눈부신 조명에 맞춰 윌리처 오르간 소리가 흐르고, 남자 배우가 스크린 아래 피트_pit(무대 아래에서 오케스트라가 연주하는 공간-옮긴이)에서 글자 그대로 솟아올랐다. 그는 자신의 어깨 너머로 관객들이 입을 떡 벌린 채 놀라움을 감추지 못하는 모습을 훔쳐보곤 이를 활짝 드러내며 미소 지었다. 그 광경은 흡사 나와 쿨쿨이는 겪어본 적 없는 기이한 결혼 축가 같았다.

함께 산 지 20년이 되던 해, 우리는 서로에게 새로운 자극을 줄 수 있도록 새 침실을 구했다. 발레아레스제도의 또 다른 우리 집. 우리의 새집은 수백 년도 더 된 교외 농장 소유의 올리브 압착소 바로 위에 있었다. 곡물 상점이었던 곳을 (엉성하게) 개조한 곳이었고 짙은 색의 육중한 목조 가구로 가득 찬 집이었다. 그곳엔 신부 예복처럼 소중한 의상을 보관해도 좋을 만큼 훌륭한 이불장과 육중한 침대가 있었다. 천장을 받치고 있는 단단한 나무 기둥 아래 놓여 있던 침대는 그냥 쓰는 대신 따로 커튼이라도 쳐야 할 것 같았다. 이곳은 어느 계절에든 훌륭한 침실이었지만 위층에서 싱크대를 사용하면 옷장에서 폭우가 쏟아지는 듯 묵직한 소리가 울렸다. 모노톤으로 소리를 듣는 쿨쿨이는 처음 이 소리를 들었을 땐 위급 상황용 사이렌이 울리는 줄 알았다고 했다. 하지만 괴상한 소리의 정체를 파악한 후 우리는 '빗물이 쏟아질' 때면 옷장의 문을 열어두기 시작했다. 후드득거리며 실내로 흘러내리는 빗소리는 삶 자체가 고통임을 암시하는 은유였다.

작가 샬롯 퍼킨스 길먼Charlotte Perkins Gilman은 1887년 사일 러스 위어 미첼Silas Weir Mitchell 필라델피아 병원에서 자신이 '침상에 눕혀진 채 머물게 된' 경위에 대해 설명했다. 병원 이름에 등장하는 미첼은 미국의 외과 의사로, 남북전쟁에 서 신경 손상을 입은 장병들을 치료한 뒤 악명 높은 휴식 치료법을 고안했다. 나중에 그는 기존에 처방되던 엄격한 침대 휴식 치료 방식에다 마사지, 전기치료, 지방 위주 식 단을 결합했고, 신경증을 호소하는 여성들에게 새로운 휴 식 치료법을 적용했다. 그는 치료가 시작되고 첫 열흘 동 안에는 여성 환자들에게 갓난아기처럼 오로지 우유만 마 실 것을 강요했다.

다음은 미첼이 휴식 치료법과 관련해 반드시 지켜야 하 는 사항에 대해 열거한 내용이다. "저는 환자들이 일어나 앉거나, 바느질하거나, 글을 쓰거나, 독서를 하는 등 손을 적극적으로 써야 하는 활동을 허락하지 않습니다. 이를 닦을 때를 제외하고는…. 대소변도 누워서 해결할 수 있도록 하며 환자들은 아침과 취침 시간에 한 시간씩, 라운지로 옮겨지고 다시 새로 정돈한 침대로 옮겨집니다." 다음은 길먼이 사일러스 위어 미첼 병원에 입원하기 전날 밤 일기장에 적은 내용이다. "나는 심각한 신경증을 앓고 있으며 뇌 질환도 발병한 것 같다. 지난 5년간 누구도 내가 이런 상태로 괴로워했다는 것을 몰랐다. 정신을 잃을 때까지 지속되는 고통, 고통, 고통의 연속이었다." 미첼과 길먼의 글에서 보이는 간극은 심장이 멎을 만큼 충격적이다. 이 간극은 두 개의 전혀 다른 세계 사이에서 벌어질 폭력적인 충돌을 암시한다.

예상했겠지만 미첼의 휴식 치료는 길먼의 고통을 완화하는 데 (불행한 결혼 생활과 실패한 엄마라는 끈질긴 자괴감에서 일시적으로 벗어날 수 있었다는 것을 제외하고) 조금도 도움이 되지 않았다. 실제로 그녀는 입원 생활 동안 잠시나마 병원을 피난처로 느꼈다. 그녀 역시 휴식을 통해 활동을 촉진한다면 전혀 나쁠 게 없다고 인정했다.

하지만 길먼은 증상이 더 심각해지기 전에 강제 퇴원했다. 그리고 몇 년 후 그녀는 자서전에서 휴식 치료 덕분에 이성을 잃을 뻔했다고 적었다. 그녀는 이성을 잃지 않았다. 하지만 자신의 단편《누런 벽지》에 등장하는 신경쇠약 여성 주인공은 '순수하게 대중을 선동할' 목적으로(그리고 명확하게 페미니즘의 색채를 담기 위해) 반드시 이성을 잃게 하기로 마음먹었다.

《누런 벽지》속 이름 없는 허구의 여성 또한 끔찍한 휴식 치료를 받게 된다. 다락방 병실에 배정된 그녀는 '커다란 눈알'과 '부러진 목'처럼 보이는 벽지 무늬가 벽 전체를 가로지르며 어지럽게 소용돌이치는 환상에 시달리고 자살 충동을 느낀다. 어느 순간부터 그녀는 소용돌이치는 벽지 무늬에서 패턴을 보게 된다. 빙빙 돌다 하나로 합쳐진 벽지 무늬는 마치 창살처럼 보였는데, 그 창살 너머에서는 으스스하게 생긴 여자가 바닥을 기어 다니고 있었다. 자신의 힘으로 창살을 벗어날 수 없는 환영은 휴식 치료를 받고 있던 주인공이 자신과 함께해줄 때까지 끊임없이 그녀 주변을 배회한다. 주인공은 결국 벽지 대부분을 찢어버린 후 바닥을 기어 다니며 출구를 찾는다. 그녀는 무릎을 꿇고 만다. 휴식 치료는 그녀를 무너뜨린다.

윌리엄 셰익스피어William Shakespeare는 그의 아내 앤 해서웨이Anne Hathaway에게 남긴 유언장에서 아내에게 "두 번째로 가장 좋은 침대"를 주겠다고 적었다. 가장 좋은 침대는 누구에게 갔는지(아마도 딸 수재나Susanna가 받았을 것 같지만)에 대해서는 알려지지 않았다. 무엇이 셰익스피어의 부부 생활을 지탱하고 있었던 것인지에 관해서는 알려진 바가 거의 없다.

페미니스트 학자들은 이 유산의 의미를 놓고 탁상공론을 펼친다. 어떤 학자들은 앤 해서웨이 대신 당혹감을 표시하며 두 번째로 가장 좋은 침대를 선물한 것은 셰익스피어가 아내를 2순위로 여겼다는 의미라고 주장한다. 역사적으로 부부가 함께 쓰는 침대는 부부의 재산 가운데 가장 중요한 품목이었고 종종 비싼 가구이기도 했으니 그 말이

맞을 수도 있다. 하지만 다시 생각해보면 그들은 표면적 의미에만 집착해 그 이상을 보지 못하는 것은 아닐까.

부부에게 침대는 무한한 신뢰를 의미한다. 그리고 페넬로페는 그 사실을 굳게 믿고 있었다. 신뢰가 무너진 상황에서 (감쪽같이 변장하고) 20년 만에 이타카로 돌아온 남자가 자신의 남편이 아닐 수도 있다는 의혹과 의심으로 고통받던 페넬로페가 오디세우스를 시험하기로 한 것 역시 이런 까닭이다. 그녀는 오디세우스가 자신의 목소리를 들을 수 있는 거리에 있을 때, 일부러 하녀를 불러 남편이 편히 쉴 수 있도록 침대를 테라스 쪽으로 옮겨놓으라고 지시했다. 이 침대는 집의 기반임과 동시에 살아 있는 올리브 나무뿌리를 뽑아내지 않고 (오디세우스가 직접) 깎아 만든 것이기 때문에 다른 곳으로 이동시킬 수 없었다. 페넬로페는 이 사실을 이용해 오디세우스가 남편이 맞는지 시험해보려 한 것이다. 그녀는 오디세우스가 난처해하기를 바랐다. 침대를 옮기려면 나무를 벨 수밖에 없고, 나무를 베는 행위는 결혼 생활의 종지부를 의미했다. 그녀는 오디세우스가 그 의미를 눈치채기를 바랐다. 침대를 옮기면 그들만의 집은 무너져 내릴 테니까!

두 사람 사이의 힘의 균형이 바로 역전됐다. 페넬로페가 오디세우스의 정체를 놓고 갈팡질팡했을 땐 그녀가 충실한 아내였는지 의심을 샀지만, 침대를 둘러싼 시험을 통해 충실함을 증명할 의무는 오디세우스에게로 옮겨 갔다. 이제 오디세우스가 증명할 차례였다. 그는 답을 내놓아야 한다. (남편의 정체를 알아차릴 수 있는지가 중요한) 페넬로페의 믿음이 아니라 (오랜 떠돌이 생활 끝에 집으로 돌아온 남편이 부부의 침대를 기억하고 있는지를 두고) 오디세우스의 신의가 심판대에 오른 것이다.

몇몇 고전문학 학자들은 이 장면에서 페넬로페의 간사함이 더욱 강력하게 드러난다고 주장할 수도 있다. 하지만 고전학자 에밀리 윌슨Emily Wilson이 새롭게 번역한《오디세이》에는 "그녀는 자신의 바로 옆에 있는 남편을 생각하며 흐느꼈다"라고 적혀 있다. 내가 보기에 페넬로페는 20년간 애타게 원하던 것을 드디어 손에 쥘 수 있을지도 모른다는 생각에 벅찬 나머지 오히려 불안감이 스트레스 호르몬처럼 솟구쳐 희망마저 압도당했을 것이다.

부부의 침대는 때에 따라 다양한 의미를 지닌다. 시인 스티븐 쿠시먼Stephen Cushman은 이런 유동성을 강력하면서도 혼란스러운 요소라고 생각했다. "밤이 남긴 잔해를 보라"고 적은 그는 우리에게 "사랑이 어질러놓은 이불"을 상상해보기를 권한다. 설혹 불안이 침대를 어질러놓았다면 이불은 아마 "극도의 공포로 산산조각 난 평온이 모래 산을 이룬 불면증의 사막에" 떨어져 있었을 것이다. 시인은 이에 대해 자세히 언급하지 않는다. 하지만 그는 결혼의 구심점이라고 할 수 있는 부부의 침대가 엉망이 되는 과정을 관찰한 뒤, 우리에게 부부의 침대를 바르게 고쳐놓고 이에 임할 때 신중하며 정성을 다하라고 조언한다. 새로 태어남을 이루고자 하신 하느님의 계획에 따라 또는 노아가 정한 방식에 따라 둘씩 짝을 지어, 남자와 여자가 하나가 되는 부부의 침대를 신성하게 여기라고 말이다.

쿠시먼은 부부의 침대를 일종의 방주로 여겼다. 부부의 침대는 둘이 하나 됨을 축복하는 신성한 언약인 것이다. 이를 바로잡음으로써 우리는 세상을 바로잡을 수 있다. 그리고 밤은 이 과정의 목격자가 될 것이다.

버스콧 공원에서 나의 시선이 가장 오랫동안 머물렀던 것은 번존스의 그림에서 유일하게 깨어 있는 인물인 왕자였다. 첫 번째 작품의 가장자리에 자리하고 있는 왕자는 철갑을 두른 기사의 모습을 하고 당장이라도 휘두를 듯 검을 손에 쥐고 서서 가시 돋친 들장미 덩굴을 유심히 관찰한다. 그의 앞에는 왕자보다 앞서 공주를 구하러 들어갔다가 실패한 이들의 주검이 산을 이루었고, 그 위로는 가시 돋친 들장미 덩굴이 늘어져 있다. 왕자는 어떻게 "검으로 잠든 세계를 깨울 것"인지 고심한다. 당신이 분명히 알았으면 좋겠다. 왕자는 키스나 다정한 포옹으로 세계를 깨울 생각이 없다. 그는 길가메시처럼 소란을 피워 세계를 뒤흔들고 싶은 것이다.

번존스도 마찬가지다. 번존스의 정치적 동지였던 윌리엄 모리스William Morris(19세기 영국의 디자이너, 시인, 소설가이자 사회주의 운동가—옮긴이) 역시 세계에 변화를 주고 싶어 했다. 사실 번존스는 현실에서 달아나 동화나 민간 설화 따위로 도망치려는 몽상가나 이상주의자로 치부되곤 했지만, 동시대 예술과 사상에서 혁명을 일으키겠다는 간절한 희망을 키워왔다. 그리고 사회주의자인 모리스는 프롤레타리아 계급의 편이었다(내가 앞서 언급했던 인용구는 모두 모리스가 쓴 글로, 그는 "잠들 수 없는 북極"의 침묵을 애통해하며 왕자가 검을 휘둘러 세계를 깨워주기를 간청했다). 두 사람 모두 마녀의 저주로 잠들면 꿈을 꿀 수 없다는 점을 깨달았다. 꿈을 꿀 수 없다면 어떻게 더 나은 세계에 대한 이상을 키워나갈 수 있겠는가? 어떻게 혁명을 일으킬 수 있겠는가?

내가 참여하는 인지행동 치료 모임은 다양한 불만을 가진 불면증 환자 열다섯 명이 함께한다. 낭만주의 시에 관해 높은 식견을 자랑하지만 편향된 입장인 한 남성은 창백

한 안색에 피골이 상접한 얼굴을 하고선 잔뜩 긴장한 탓에 잠을 이룰 수 없었다고 고백한다. 사무실에서 자꾸 존다는 한 여성은 밤이면 넷플릭스를 보느라 밤을 새운다고 한다. 또 다른 여성은 뭐가 문제인지 명확하지 않다. 눈은 충혈돼 있고 누군가에게 쫓기는 듯 보이는데 우리가 개인적인 경험을 이야기해달라고 할 때마다 운다. 어쩌면 우리 모두 전투로 지친 길가메시처럼 혁명의 꿈이 좌절된 혁명가들일지도 모르겠다. 행복한 반전이 없는 길가메시. 정말이지 그 모임에서 느껴지는 에너지는 열어둔 지 며칠이 지나 김이 다 빠진 맥주처럼 밋밋하다.

찰스 시믹도 그 자리에 함께해 같이 농담을 나눌 수 있었다면 좋았을 텐데. 이곳에서 나는 그가 말한 불면증 환자들의 연회를 마주했다. 이 연회가 그렇게 매력적인 모임은 아니다. 우리는 연회장이 아닌 병원 회의실에 모여 앉아 있으며, 무대를 장악할 만한 달변가 하나 없고, 방석이 깔린 파란색 강의실 의자에 앉아 다디단 음료수와 싸구려 과자에 만족한다. 이곳은, 서로를 딱히 신뢰할 수 없는 상태에서 느슨한 동료애를 형성하게 만드는 환경이다. 좀비들이 모인 곳이다. 둥그렇게 둘러앉아 서로에게 으르렁거리지 않으려고 노력하는 친절한 공간이다.

수면 치료소에서 우리는 잠이 무엇인지, 어떻게 하면 잠들 수 있는지 배웠다. 우리는 수면 일기 쓰는 법과 수면을 위해 주변 환경을 청결하게 유지하는 법도 배웠다. 각자에게 맞는 수면 식단도 처방받았다.

나는 모임에서 새뮤얼 피프스Samuel Pepys의 일기를 읽고 있다고 말했다. 17세기 영국 해군 행정관이었던 피프스는 밤마다 시도했던 모험을 일기장에 기록해두었는데, 그가 말하는 모험이란 침실에서 겪은 소박한 사건들이었다. 그렇지만 그는 그 침실에서 또 다른 세계를 발견했다. 그에게 침대는 음악과 독서를 할 수 있는 공간이었으며, 저녁 식사에 초대한 손님이 집에 돌아가지 않고 눌러앉아 있으면 음악과 책에 대해 전혀 통하지 않는 대화를 이어나가는 공간이기도 했다. 피프스는 그의 충실한 하녀가 침실에서 머리를 잘라주는 것을 좋아했고(하녀는 피프스가 종종 자신을 주물럭거려도 참아야만 했다), 주기적으로 아내와 이불 속에서 말다툼을 벌이고 또 화해했다. 부부 사이가 좋을 때면 그는 만월에 가까워지는 달 아래에서 튀어나올 정도로 눈을 크게 뜨고 아내에게 "천문학에 관한 이런저런 것들"을 가르쳐주었다.

농담이라고는 모르는 고지식한 사람들은 침대란 오로지 두 가지, 수면과 섹스를 위해 존재한다고 주장할 것이다. 하지만 피프스의 번잡한 침실은 수면을 위한 청결한 환경과는 모든 면에서 대척점에 있었다.

수면을 위한 조건을 따진다면 나와 쿨쿨이는 최악의 침대 메이트다. 나는 자는 동안 환기를 위해 창문을 열어놓고 싶어 한다. 쿨쿨이는 사람들의 발소리, 새들의 지저귐, 자동차 경적처럼 거리에서 나는 소리가 청력이 살아 있는 한쪽 귀로 모두 쏟아지기 때문에 창문을 닫아두고 싶어 한다. 나는 칠흑 같은 어둠을 갈망하지만 그는 층계에서 빛이 새 들어오는 게 거슬려도 침실 문을 열어둔다. 이렇게 문을 열어두면 공기가 순환된다는데, 나는 창으로 들어오는 바깥

바람이 훨씬 나을 것 같다. 나는 쌀쌀하다는데 쿨쿨이는 덥고 귀찮단다. 쿨쿨이는 자정을 넘겨서도 책을 읽는다. 나는 책이 내 얼굴을 덮치는 것도 모르고 기절하듯 잠들고, 그럴 때면 쿨쿨이가 팔꿈치로 나를 쿡쿡 찌른다. 하지만 사랑이라는 몹시 자애로운 규칙에 따라 우리는 깨어 있을 때도, 잠들었을 때도 서로를 인정하고 받아들인다.

5장

현대사회가 불면증을 치료하는 방법은 수면 제한이다. 한
도 끝도 없이 쉽게 만드는 휴식 치료와 반대되는 치료법
으로, 쉬는 시간을 제한하는 수면 스케줄로 수면에 대한
갈증을 느끼도록 만든다. 그러면 얼마나 수면을 제한해
야 할까? 우선 수면효율성지수sleep efficiency quotient, SEQ에 따
라 각자 몇 시간의 수면이 허락되는지 계산해야 한다. 수
면효율성지수란 실제 수면 시간을 침대에 머무른 시간의
총합으로 나눈 신비로운 숫자다. 이때 잠을 이루려다 실

패한 시간도 침대에 머무른 시간으로 친다. 내 수면효율성지수는 63퍼센트로, 나의 수면 식단은 제한적이다. 나는 수면 치료 센터에서 독려한 대로 4주간 부지런하게 수면 일기에 수면 시간을 기록했다. 이 숫자들의 평균을 계산식에 넣어보면 내 일일 수면 시간은 5.6시간을 넘어서는 안 된다. 내가 수면 조건을 잘 지켜서 수면효율성지수를 90퍼센트로 높일 수 있다면 수면 시간을 15분 더 확보할 수 있다.

불면증 환자에게 잠을 자지 못하게 하다니, 고문이 따로 없다. 수면 치료사들은 불면증 환자들이 애당초 잠을 이루지 못하는 이유가 무엇인지 전혀 자각하지 못하는 듯하다. 매일 밤 선잠을 자고 깨나며 각성 상태로 침대에 누워 있는 시간이 얼마나 되는지 계산하고, 수면 시간이나 수면 효율성, 수면의 깊이, 수면 지속 시간 같은 걸 계산하기 때문에 잠을 이룰 수 없는 것인데 말이다. 어쩌면 수면 치료사들은 사디스트sadist인지도 모른다.

별생각 없이 인지 문제(인지행동 치료의 '인지')에 대해 조언하는 수면 전문가들 역시 불면증 환자의 사고 체계를 제대로 이해하지 못한다. 이들은 수면 부족에 시달리는 사람들에게 끊임없이 수면을 방해하는 생각들을 차단할 수 있도록 이런저런 방법을 제공한다. 이런 방법 중에는 끔찍하게 긴 시간 동안 '그, 그, 그, 그, 그'를 조용히 반복해서 말하는 것도 있다. 같은 소리를 반복하면서 뇌에 그만 떠들라고 말하는 셈이다. 하지만 '그, 그, 그, 그, 그' 소리 역시 쓸데없는 생각의 고리를 만들어내 불면증 환자의 뇌가 계속 활동할 수 있도록 먹이를 주입하는 행동이다. 반복적이고 리듬감이 있으며 말도 안 되게 이상해서 자연스럽게 현혹되고 마는 이 소리는 익숙함과 낯섦 사이를 오가며 한껏 기묘해졌다가 어느 순간 익숙하게 들리기도 한다.

생각의 맥이 끊기는 현상은 불면증 환자의 뇌가 동력으로 삼는 여러 행동 중 하나를 멈추는 것일 뿐이다. 연관성 없는 생각의 고리보다 (치료하거나) 이해하기 힘든 것은, 겉보기엔 자율적이면서 자유분방하게 굴러가는 듯하지만 실은 극도로 지루한 동작을 반복하는 환각 상태다. 시간의 흐름을 감지할 수 있을 정도의 의식은 있지만 몸은 통제할 수 없는 반#각성 상태에서 (같은 이유로 고통스러워하며) 낮에 쌓인 오물(진중하게 숙고하는 데 전혀 도움이 되지 않는 것들)을 밤 동안 하나씩 게워낸다. 팔짱을 끼고 늘어서서 한 명씩 차례대로 움직이는 캉캉 무용단처럼.

불면증이 찾아오면 나의 뇌는 쓸모없는 생각 곱씹기 모드가 되어 허우적대기 일쑤다. 짤막한 노래 가사가 광고에서 들어봄직한 문장과 뒤섞여 어린 시절의 기억을 떠올리게 하고, 그 생각은 다시 과거의 욕구(아니면 욕망)나 인터넷에서 본 것, 누군가 내게 들려준 이야기로 튀면서 머릿속을 기어 다니는 (예측 불가하고 무용한) 벌레처럼 꿈틀거리며 이야기 타래를 이어간다. 휴식에 이보다 해로운 일도 없지만 나는 생각을 멈출 재간이 없다. 마치 뇌에 수건을 씌운 다음 무의미하게 넘쳐나는 생각을 한 방울씩 떨어뜨리며 물고문을 하는 것 같다.

알다시피 우리의 몸에는 (온도, 빛, 멜라토닌 같은 주변 환경의 변화에 대응하기 위해) 생활 리듬을 관장하는 생체 시계가 있다. 세포 속에 자리 잡은 이 시계는 딱 두 가지 모드로 운영되는데, 바로 각성 상태와 수면 상태다. 대체로 낮과 밤에 상응하는 모드지만 불면증 환자의 경우 불규칙한 멜라토닌 분비로 생체 시계가 제대로 작동하지 않는다. 생활 리듬이 태양의 움직임과 일치하지 않으면 이상한 타이밍에 졸리다가 밤이면 각성해서 일상생활 속에서도 시차를 겪게 되고 몹시 피곤해진다. 엄밀하게 따지면 이 생체 시계는 시간을 세는 기계가 아니라 수면 시간을 알려주는 시계로, 우리가 마땅히 누려야 할 휴식 시간을 지키게 해준다.

불면증 환자의 제멋대로인 생활 리듬을 떠올릴 때 연상되는 장면은 이렇다. 무도회장에 있던 다른 사람들은 지쳐 쓰러져 미동도 없거나 집으로 돌아갔는데, 깃이 넓고 촌스러운 의상을 입은 불면증 환자가 홀로 무대에 남아 이를 훤히 드러내고 웃으며 그루브를 타고 있다. 당신은 그날 장사를 마무리하고 싶은 마음이 굴뚝같지만 불면증 환자는 무대 위에서 노래를 따라 부르고 정신없이 빙글빙

글 돌면서 온몸을 튕겨댄다. 당신은 점점 더 지쳐간다. 눈은 풀리고 몸은 천근만근이라 자는 것 말고는 더 바라는 게 없지만 이 상황을 견뎌야만 한다. 이제 막 흥이 오른 엉망진창 손님을! (우스꽝스러운 차림에 지독한 고집쟁이 그리고 미치광이 같은 눈빛을 한) 박자감이라고는 눈곱만치도 없는 저 불면증 환자를!

유감스럽지만 나 역시 그런 사람이다. 갱년기가 찾아오면서 생활 리듬은 물론이거니와 호르몬이며 수면 패턴 등 리듬이라고 부를 만한 것들이 모두 사라진 생활에 익숙해지고 있다.

위에서 언급한 것 외에도 수면을 주관하는 리듬이 더 있다. 전부 복잡한 생체 통제 메커니즘에 따라 움직이기 때문에 최대한 이미지로 표현해보겠다. 여기서 말하는 통제 메커니즘이란 우리의 뇌가 비밀스럽게 우리를 잠의 세계로 인도할 때 발생하는 독특한 전기신호의 활동 패턴이다. 베타파로 시작된 전기신호는 알파파로 변환되었다가 마침내 델타파로 바뀌는 순간 그래프용지 위에 날카로운 발톱 자국을 남기듯 들쭉날쭉 솟아오르며 수면이 시작되었음을 알린다. 이 과정에 대해 알아보면서 기쁨으로 가슴이 요동치던 순간이 있었는데, 바로 수면의 문턱에 이르러 델타파가 파도치는 무지각의 세계로 빠지기 직전 그래프가 두어 번 튄다는 사실을 발견했을 때였다. 자세히 살펴보면 그 튕김은 얕은 세타파가 연쇄적으로 파동을 일으키는 모습으로, 델타파와 세타파가 물레에 감긴 실타래처럼 엉켜 있다. 이 '수면 물레'가 형성되어야만 잠이 찾아온다. 결국 모든 수면은 마법의 주문일지도 모른다.

단, 렘수면REM sleep은 예외다. 렘수면 상태에서 우리의 뇌는 반만 잠들고 몸은 숙면하기 때문에 이는 마법처럼 신비한 수면이 아니라 모순적인 수면이다. 렘수면의 이런 특징 때문에 우리는 악몽을 꾸다 갑작스럽게 깨거나 너무 좋은 꿈을 꾸다 말고 중간에 벌떡 일어나기도 한다. 또한 렘수면 상태에서는 드물지만 루시드 드림lucid dream(자각몽이라고도 하며 꿈을 꾸고 있다는 사실을 자각한 채로 꿈을 꾸는 현상-옮긴이)이라고 부르는 기묘한 권력 과시 경험을 하기도 한다. 하지만 렘수면의 이런 모순마저도 우리의 뇌가 어떻게 무의식 속에 저장된 이미지들을 훑고, 등장인물과 소품과 완벽하게 억압된 기억과 동기를 찾아내 자연스러운 스토리 라인을 짜서 주마등처럼 흐르는 환등幻燈 쇼를 펼칠 수 있는지는 설명하지 못한다.

1964년 10월, 블라디미르 나보코프는 꿈 일기를 적기 시작했다. 매일 아침 나보코프는 잠에서 깨자마자 자신이 꾸었던 꿈에 대해 기억나는 모든 것을 일기장에 적었고, 그 후 이틀 정도는 꿈과 관련된 무언가를 발견하기 위해 주변을 예의 주시했다. 사실 그는 꿈 일기를 통해 꿈의 예언적 기능에 관한 이론을 검증하고자 했다. 그 이론에 따르면 꿈은 단순히 우리의 기억 저장소에서 복붙해온 줄거리에 파편적인 일상의 경험을 짜깁기해 넣은 것이라거나, 마음속 서랍 안에 가둬두었던 악마가 쏟아져 나오는 현상이라기보다는 앞으로 벌어질 일에 대한 예지몽일 수 있다. 그리고 그 꿈을 통해 우리도 예언자가 될 수 있다.

나보코프는 영국의 항공공학자 존 W. 듄John W. Dunne의 영향을 받았다. 듄은 20세기 초 룬rune 문자로 적힌 대수학 공식과 혼란스러운 다이어그램을 빼곡하게 적은 기묘한 책을 연달아 내놓으며 시간에 관한 급진적인 이론을 펼쳤다. 나보코프 전문 연구자가 핵심만 정리해둔 자료에 따르면 듄은 "시간의 진행 방향은 일방이라기보다 선회적이며 우리가 시간의 역행을 눈치채지 못하는 이유는 관심을 기울이지 않기 때문"이라고 주장했다. 1964년 나보코프는 주의를 기울이기 시작했고 선제적 기억상실preamnesia 증세를 포착한 순간들을 기록했다. 선제적 기억상실이란 잠에서 깬 뒤 겪을 일에 대한 선지적 꿈을, 자는 동안 무의식적으로 생산해내는 현상이다. 듄과 나보코프에게 꿈은 개인적 경험의 덩어리들이 효과적으로 시간을 거슬러 이동할 수 있는 일종의 통로였다.

시간이 연쇄적으로 증식되거나 보이지 않는 루프를 타고 역행하기도 하는 듄의 혼란스러운 세계에서 꿈은 시간

기록 방식을 뒤틀어놓는 우주의 웜홀 같은 존재다. 시간의 연속성은 (웜홀 속에 존재하는 또 다른 차원처럼) 꿈이라는 특이점으로 모조리 빨려 들어가 완벽하게 소멸한다. 문제는 불면증 역시 특이점의 하나로 볼 수 있는지이며, 만일 그렇다면 불면증에 걸렸을 때 잠 이외에 또 무엇이 사라지는지다. 내면의 평화나 휴식, 일관된 자의식일까? 아니면 당신의 존엄성이 사라지는 것일까?

칠레 작가 로베르토 볼라뇨Roberto Bolaño는 이렇게 형태 없는 경계 지대(볼라뇨의 경우 이 지역은 텍사스와 멕시코였지만 그 어디라도 경계 지대가 될 수 있으며 밤과 낮도 경계 지대가 될 수 있다)가 우리의 정신을 혼란에 빠뜨리는 수많은 방식에 대해 기록했다. 이 경계의 땅은 이곳도 저곳도 아니며 이것도 저것도 아니다. 이 중간 지대는 자경단과 암살단이 함께 순찰한다. 당신이 밟고 선 흙은 피로 물들었고 수평선에서는 "너무도 조그마한 꿈"인 "바람과 먼지"만 불어올 뿐이다. 볼라뇨에 따르면 이런 장소(혹은 정신적 공간)에서 우리는 극심한 공포에 사로잡힌다. 그는 이런 상태를 "정신의 퇴거"라고 부른다.

꿈에 대한 또 다른 이론도 있다. 바로 우리의 꿈이 사회적 기능을 수행한다는 것이다. 즉 우리 모두가 공유하는 꿈의 틀이 존재하며, 이 틀은 신화 속 원형에서 유래되어 (고맙게도 칼 융Carl Jung이 알려준 대로) 집단 무의식 속에 있거나 독일의 저널리스트 샤를로트 베라트Charlotte Beradt가 1930년대에 밝힌 것과 같이 소속원 전부에게 트라우마를 남기는 공동의 경험으로부터 야기되기도 한다. 유대인인 베라트는 오스트리아 빈에서 기자로 활동했던 젊은 시절에 "정처 없이 쫓기며 총에 맞거나 고문당하고 머리 가죽이 벗겨지는" 악몽에 시달렸다고 기록했다. 다른 유대인들 또한 자신처럼 불안감을 꿈속으로 흘려보내고 있으리라 확신했던 베라트는 악몽에 대해 인터뷰하기 시작했고 이를 글로 남겼다. 그녀는 인터뷰 응답자들의 증언에 즉각적으로 공감했으며 집필 작업에 시너지를 얻었다. 그리고 이 과정을 통해 그녀는 엄격하고 경색된 독재의 공포에 떨며 자유를 소망했던 사람들은 결국 비현실적인 꿈의 세계에 살게 된다고 결론지었다. "밤이 되어 어둠이 찾아오면 사람들은 낮 동안 악랄한 현실 세계에서 경험했던 모든 것을 꿈속에서 왜곡된 형태로 재생산했다."

한 여성은 특정 단어의 사용을 금지하는 포스터가 거리 곳곳에 붙은 꿈을 꾸기도 했다. 가장 첫 번째 단어는 '주님'이었으며 가장 마지막 단어는 '나'였다. 그녀의 꿈속에서는 신도 자아도 인정되지 않았던 것이다. 다른 인터뷰 응답자는 자신의 아파트에서 책을 읽으며 휴식 중이었는데 갑자기 방의 벽, 즉 아파트 벽이 사라지더니 확성기를 통해 나치 정권은 앞으로 벽 세우는 일을 법으로 금지하겠다는 방송이 흘러나오는 꿈을 꾸었다. 그는 베라트에게 "주변을 둘러봤지만 어디를 봐도 벽이 있는 아파트는 보이지 않아서 두려움에 휩싸였다"고 털어놓았다. 베라트는 집단화에 반대하는 사람이 이런 꿈을 꾸게 된다고 주장했다. 그 꿈의 뿌리에는 저항이 있다. 사람들은 저항의 과정에서 정신을 온전한 상태로 지키려다 정신 분열에 이르기도 했는데, 당시에는 이 같은 상황에서 발생한 정신 분열을 '내적 망명Inner Emigration'이라 불렀다.

1938년 오스트리아 병합 이후 베라트는 인터뷰를 정리한 원고를 암호화해 아주 작은 종이 위에 휘갈겨 쓴 뒤 밀반출했다. 인터뷰 응답자 중 많은 이가 거주 공간이 개인의 사생활을 보장해주지 못했으며 공포와 감시의 공간으로 변했다고 했다. 집 안 전등들이 당신의 말을 유심히 듣다가 밀고하고, 쿠션이 당신을 막아서며, 탁상시계가 스파이처럼 당신을 감시하다 당신에게 불리한 진술을 한다. 베라트가 인터뷰한 사람 중에는 거실에 있는 네덜란드산 오븐이 "크고 거친 목소리로 남편과 내가 정부에 대해 비판한 말을 모조리 말하는" 꿈을 꾸었다.

심각해지는 피해망상(날이 밝아오면 불면증 환자의 사고 체계가 보이는 증상 중 하나)을 해결하려면 긴급 처방이 필요했다. 내적 망명이 아니라 오히려 그 반대인 내적 퇴거Inner Evacuation가 절실했다. 내적 퇴거의 경우 자칫하면 마치 수면 상태처럼 사람들의 눈을 가려 주변에서 벌어지는 비극적인 사건들을 보지 못하게 할 수도 있다. 그런 상황만 일어나지 않는다면 내적 퇴거는 권력층을 혼란에 빠트릴 수 있다. 한 여성은 꿈을 꿀 때 "자신의 안전을 위해" 실제로는 말하지도, 이해하지도 못하는 러시아어로 잠꼬대를 하고 싶다고 말했다. 자기 자신도 알아들을 수 없는 언어를 사용한다면 정부에서도 이해할 수 없을 것이라는 게 이유였다. 그녀는 무의식적으로 자신을 이해 불가능한 존재로 만듦으로써 파시스트 정권을 속일 방법을 모색했던 것이다. 이 역시 지성의 퇴거다.

1966년 영문본으로 번역된 베라트의 꿈 모음집의 종결부에는 오스트리아 출신의 심리학자 브루노 베텔하임 Bruno Bettelheim이 등장한다. 그의 관찰에 따르면 나치 체제는 악업의 대상으로 하여금 특정한 꿈을 꾸게끔 (강압적으로) 조종할 수 있었다. 그것은 저항은 불가능하고 그들은 나치 체제에 포위당했으며 열등하다는 내용의 꿈이었다. 안정을 보장받을 방법은 체제를 따르는 것뿐이라는 꿈. 꿈속에서 사람들은 자신에 대해 너무 많은 이야기를 들었

다. 꿈속에서 사람들은 알고 싶지 않았던 사실을 들어야
했다. 베텔하임은 나치 체제가 마치 맥베스처럼 "꿈을 살
해했다"라고 적었다.

나도 어느 정도는 잠을 살해할 수 있다. 그 대가로 내 영혼
과 맞서 싸워야 할지라도. 실제로 우리는 우리 안에 헤아
릴 수 없는 미지의 어둠, 아주 작은 밤의 조각을 품고 있
기에 자신의 영혼과 대립하게 된다. 지그문트 프로이트
Sigmund Freud는 영원히 해석되기를 거부하는 존재의 해석
불가한 정수를 표현하기 위해 '꿈의 배꼽navel of a dream'이라
는 용어를 고안해냈는데, 이는 우리 내면에 자리한 미지
의 어둠이라는 개념과 유사하다.

　도무지 끝날 줄 모르는 악몽을 꾸었던 어느 밤에는 머
릿속을 빠져나온 악몽이 독가스처럼 침실을 가득 채우며
모든 것을 오염시킨 덕분에 뜻밖의 사실을 깨달았다. 어
둠 속에서는 내 눈길이 닿는 모든 것이 뾰족한 뿔이 솟거
나 악의를 품은 존재처럼 보인다는 것이다. 가구는 섬뜩

할 정도로 몸집을 키워가는 것 같았고, 커튼은 무언가를 숨긴 듯 보였다. 쿨쿨이의 그림자조차 밤에만 나타나는 메두사가 머리에 달린 뱀들로 침실 문을 휘감고 있다가 몸을 뒤척이던 그를 돌로 변신시킨 듯 비정상적으로 각져 보였다. 쿨쿨이의 부재가 그보다 선명하게 느껴진 적이 없었다. 쿨쿨이를 바라보자니(사라진 그를 찾기 위해) 심연을 들여다보는 것 같았다.

바로 이런 순간에 나는 우주의 보이드void(우주 공간에서 은하가 존재하지 않는 것으로 보이는 거대한 지역-옮긴이)가 존재의 가장자리에서 원심까지 번져감을 느끼고, 자아에 대해 자문하기 시작한다. 나는 왜 이 지붕 아래, 이 침대 위, 이 부부 관계 안에 존재하는가? 성장 과정을 돌아보면 나라는 자아는 시기에 따라 각기 다른 형태로 구현되어 서로 다른 방향으로 나를 잡아당겼다. 그 과정에서 나는 왜 다른 길이 아닌 이 길 위에 서 있는가? 인생은 내게 무슨 마법을 부린 것인가? 나는 내가 접한 모든 감정을 가벼이 여기지 않고 그 의미를 되짚으며 살아왔건만 어쩐지 그 과정에서 자아를 잃어버린 것만 같다. 이럴 때면 내가 가장 알뜰하게 챙기고 내 세계에서 중력으로 작동하던 모든 것이 우주 저 끝으로 무자비하게 내팽개쳐진다.

마음이 진정되지 않아서 까치발로 지하실에 내려가 그곳에서 우리 개와 함께 시간을 견뎌보기로 한다. 동틀 무렵 시린 빛 아래서 우리는 피부와 털을 맞대고 앉아 서로의 체온을 나눈다. 개는 만족스럽다는 듯 큰 날숨을 뱉는데 가끔은 그 소리가 노인의 한숨처럼 들린다. 나만의 착각일 수 있지만 우리가 함께 뜬눈으로 새운 밤, 개는 분명 내 마음을 이해했으리라. 낮에는 나를 외부로 쏟아내는 데 모든 시간을 할애하기 때문에 밤이면 누군가의 관심을 오롯이 받고만 싶어 한다는 것쯤은 동물적 직감으로 알아차렸을 것이다.

이런 밤이면 우리의 메시지가 보이드를 무사히 지나 서로에게 닿을 수 있기는 한 것인지 궁금해진다. 우주는 분자로 이뤄진 모든 것, 물리적 성질과 무게와 의미를 지닌 모든 것이 추방당한 이 보이드에서 저 반대편까지 안도의 메시지를 울려줄 수 있을까? 가닿을 수 있는지 안다면 좋을 텐데.

오늘 아침 개는 내게서 멀찌감치 떨어져 있었다. 나와 거리를 두려는 그 심정은 충분히 이해한다. 피가 돌지 않고 움직임조차 없으며 욕구를 잃은 나는 (좀비보다는 뱀파이어에 가까운 모습으로) 커피가 담긴 미지근한 머그잔을 양손으로 감싸 쥐고 식탁에 앉았다. 런던의 희끄무레한 회색 하늘 때문에 움츠러든 나는 구름 사이에서 서서히 타오르는 태양의 빛이 주방 창으로 쏟아지는 모습을 보며 그 자리에 서 있으면 나도 이내 녹아내려 고약한 냄새를 풍기는 끈적한 똥 웅덩이가 될 수 있겠다 싶었다. 너무 고약한 나머지 정원의 비료로도 쓸 수 없는 똥.

그날 나를 깨운 악몽은 여느 날과 다를 것 없이 불안이 만들어낸 꿈으로 곱씹어볼 가치도 없는 것이었다. 불안감이 자아낸 꿈속에서 나는 매번 다양한 방식으로 내동댕이쳐진다. 신체에 해를 입거나 억압당하고 오해받거나 병이

나 사고, 폭력으로 무너지기도 한다. 거울의 방에 갇혀 끊임없이 이리저리 휘둘리고 아무것에도 집중할 수가 없다. 언제나 같은 식이다. 악몽 속에서 나는 사건 사고에 휘말려 목소리가 나오지 않거나 극복할 수 없는 장애물 앞에 내던져진다. 이런 꿈을 꾸는 날이면 어김없이 심장은 요동치고 입으로는 거칠고 얕은 숨을 내쉰다. 악몽이 끝난 뒤 몰려오는 졸음보다도 악몽 자체가 사람을 더 기진맥진하게 만든다.

스스로 진단을 내려보자면, 나의 신경증적 기질이 꿈속에서 난폭하게 발현되어 단순하기 짝이 없는 일상에 긴장과 불안을 불어넣는 것이다. 그로써 일상성은 깨지고 내 의지도 굴복당한다. 내 꿈속 세계는 신뢰할 수 없는 공간이다. 성급하게 접은 종이처럼 보이지 않는 균열을 따라 구겨지고, 그 결과 불길한 입구가 생겨나 낯선 풍광이 펼쳐진다. 아니면 강한 산성 액체가 비디오테이프 위로 떨어져 테이프를 부식시키듯, 꿈속 세계가 눈앞에서 녹아내려 곳곳에 구멍이 생기고 구멍마다 어둠이 활짝 피어난다. 내

꿈들은 현실의 경계에서 제 모습을 드러내고, 가끔은 과즙을 터트리는 과일처럼 껍질을 찢고 나오기도 한다.

꿈은 낮과 밤이 대화를 나누고 갑론을박하며 존재의 문제를 두고 치열하게 부딪히는 곳이다. 나도 안다. 아무리 그래도 그렇지.

최소한 우리가 꾸는 꿈은 사교적 기능을 수행한다. 최소한 우리는 신경증 증세를 공유하지 않는가. 나는 그 사실에서 약간의 위로를 받는다. 그리고 우리에게 가장 중요한 꿈, 특히나 악몽은 다시 찾아오기 마련이라는 사실도 위안이 된다. 미국의 작가 거트루드 스타인Gertrude Stein이 "세상에 반복이란 없다. 단지 '끈질김'만 있을 뿐"이라는 명언을 남기지 않았는가. 가끔은 무의식도 목소리를 내야 할 때가 있다.

한번은 어떤 정신과 의사가 많은 사람이 신경증과 사랑에 빠진다는 비밀을 일러주기도 했다. 당시 나는 그 의사에게 "그러니 사람들이 그쪽을 찾겠죠"라는 말을 돌려주었다. "이런 기이한 사랑을 고쳐줄 치료제를 찾고 있으니까요." 하지만 이제 와 생각해보면 신경증과 사랑에 빠지는 일이야말로 우리를 인간답게 만들어주는 것 같다. 그 사랑이 우리에게 개성을, 탁월함을, 우리만의 시선을, 예리함을, 독특함을 부여한다.

나는 내가 겪는 불면증을 직접 관찰할 수 있기에(객관적으로 보지는 못해도, 대체 누가 이런 파괴적인 경험을 객관적으로 볼 수 있겠는가, 비판적인 시선으로 볼 수 있다) 이 증상이 잉여의 산물이란 걸 깨달았다. 과도한 소속감과 과도한 생각이 불면증을 낳는다. 물론 광의적으로 해석해보면 내 불면증은 후기자본주의 제1세계에서 생겨난 인공물이라고도 할 수 있다. 물론 그 사실을 깨달았다고 해서 크게 달라지는 건 없다. 실제로 도움이 되는 것은 따로 있다. 급발진하는 불면증을 잠재우는 방법은, 밤이면 돌고 도는 생각을 종이 위에 옮겨 심리학적으로 분석해 정돈된 단어로 고쳐보는 것이다. 다시 말해 자리에서 일어나, 글을 쓴다.

하지만 결국 내 글도 신경증 환자의 글 이상이 될 수 없을지 모른다는 두려움에 짓눌린다. 그 상상만으로도 마음이 갈피를 잡지 못해 크게 휘청거리고, 내가 밟고 선 땅이 거품으로 변해 서서히 녹아내릴 것만 같다. 글쓰기는 나에게 나침반이자 닻이다.

글쓰기는 내가 나를 초월할 수 있도록 이끌어주는 희귀한 의식이기도 하다. 수면도 당연히 그런 경험 중 하나다. 문예창작 수업에서 흔히 말하듯 나는 글쓰기를 통해 '이탈한다.' 누군가에게 명상이 그런 의식이라면 내겐 글쓰기가 있다.

내 글쓰기가 궁극적으로 신경증 덕분에 가능한 것이라면, 수면의 기술을 가까스로 다시 깨우친 순간 내 창의성의 샘은 말라붙을까?

이런 고민이 시작되면 어둠의 분류학이 구원의 손길을 내민다. 어둠의 분류학은 불면증을 앓는 동안 감지하는 기묘한 현상을 모두 인정하는 것에서 시작된다. 단순히 불면 상태에서 느껴지는 공포나 왜곡뿐 아니라 종종 보이는 환영과 징조처럼 존재의 끝자락에서 너덜거리는 실밥의 존재까지도 인정해야 한다. 아니면, 아마도, 아주 가끔은 인류가 출현하기 전부터 존재했고 시간이 끝날 때까지 존재할, 알아차리기 힘들 만큼 희미하게 울려 퍼지는 우주의 허밍일지도 모른다.

존재의 끝자락에서 너덜거리는 실밥을 대체 어떻게 묘사해야 할까? (운명의 실을 뽑는다는 여신 파테스Fates라도 이 정도의 미미한 실오라기로는 미래의 실을 뽑아낼 순 없을 것이다.)

존재에서 풀려나온 실밥의 특징을 정확히 파악하는 것은 까다로운 일이다. 손을 뻗는 순간 불면증은 자취를 감춘다. 그저 바라보고 있으면 정확히 감지하기 힘든 인지의 경계에서 제 존재를 드러내거나, 소름처럼 급작스럽게 심장에서 가장 멀리 떨어진 부위에서부터 우리를 타고 올라온다. 그 순간 당신은 예측 가능한 삶이 정확히 어디에서 끝나는지 명징하게 알 수 있다. 당신은 가파른 벼랑 끝에 가까스로 매달려 있지만 금방이라도 떨어질 것만 같다.

아니면 이불 밖으로 정체불명의 밤공기에 어떻게 반응

하는지 예민하게 의식하게 된다. 몸에서 따뜻하고 몽글몽글한 날숨이 빠져나와 당신은 이해할 수 없는 무의 세계로 도망가버린다. 하지만 자의식이 머릿속을 온통 채우고 있어 날이 선 고유수용성 감각proprioceptive sense(근육이 수축하거나 늘어날 때 만들어지는 감각 정보로서 자기 신체의 각 부분에 대한 위치 정보-옮긴이)을 통해 당신의 머리가 놓인 자리, 머리에 가해지는 압력의 위치, 베개가 가장 무겁게 내려앉는 지점, 얼굴을 쓸어내리는 이불 가장자리 모두 고통스러울 정도로 선연하게 인지하게 된다. 당신 전체가 진폭과 질량을 지닌 고유의 현재성nowness을 형성한다. 그리고 지금, 당신 이외에는 어떤 것도 존재하지 않는다.

다른 방식으로 접근해보자면 내가 표현하려는 위태로움은 타자성이라는 형태로 재현될 수도 있다. 아무리 자세를 바꿔도 편히 쉴 수 없어 뜬눈으로 누워 있을 때 당신의 발밑이나 발목 언저리에서 느껴지는 낯선 느낌 같은 것이다. 온몸의 신경은 곤두서 있지만 몸이 말을 듣지 않아 사지가 마치 남의 팔다리처럼 느껴진다. 이성적으로는 이 팔다리가 당신의 몸통에서 뻗어 나온 신체 일부라는 걸 알고 있다. 하지만 가끔은 밤에 팔다리를 빼앗기기도 하고, 밤으로부터 몸을 되찾아와야 할 때도 있다.

우리는 야행성 생활에 좀처럼 익숙해지지 않지만 그 이유가 단순히 우리가 밤을 피해 다니기 때문은 아니다. 우리는 수풀 사이 거미줄이나 유리창 위에 남은 달팽이 자국, 창틀에 뿌려진 쥐똥을 보며 이것이 자유분방한 어둠이 남기고 간 흔적이 아니라 자연이 부린 마법이기를 바란다. 그도 아니면 개구리알처럼 희끄무레하고 불투명하지만 달빛이 비치면 모래알처럼 반짝거리는, 땅에 닿지도 못할 정도로 가벼운 물방울로 아름다운 이슬 화환을 하늘에 늘어뜨린 것이라고 믿는다.

게다가 우리는 잠을 자는 일도 어색하게 느낀다. 운 좋게 잠을 잘 수 있는 사람들조차 그렇다. 우리는 수면 상태에서 휴식이나 치유, 재생, 기억 조작이 발생하는 과정에 대해 극히 일부만 이해하고 있다. 수중음파탐지기처럼 수면을 통해 무의식의 궤적을 그려내는 방식에 대해서도 거의 아는 것이 없다. 하지만 이 모든 일은 우리가 델타파 아래로 침강하며 우리 스스로 만들어낸 짙은 암흑 속에 갇혀 있는 동안 일어나기 때문에, 우리는 앞으로도 그 과정을 목격할 수 없을 것이며 잠이 존재하는 이유 또한 완벽히 이해할 수 없을 것이다.

문화사학자 엘뤼네드 서머스브렘너Eluned Summers-Bremnuer의 말대로 "우리는 잠의 정체를 알아채지 못하는 대가로 잠이 주는 혜택을 누리고 있다."

이를 고려하면 잠이 우리를 의식의 세계에서 해방시키는 대가로 신뢰를 빼앗아간다는 결론에 이른다.

선조들은 깨달음을 얻기 위해서는 어둠의 미스터리를 받아들여야만 한다는 점을 우리보다 훨씬 잘 이해하고 있었다. 그리스 초기 신탁은 '밤의 신전'이었다. 고대의 영웅들은 현세의 진실한 모습을 알아내려면 저승을 거치거나 동굴에서 생활해야 했다. 때로는 오이디푸스Oedipus처럼 눈이 멀었을 때 비로소 세상의 이치를 확실히(달리 말하면 통찰력을 통해 더 깊이) 볼 수 있었다. 아테나Athena는 자신의 나체를 훔쳐보았다는 이유로 테이레시아스Teiresias에게서 시력을 앗아갔지만 대신 그에게 예지력을 선물했다. 미래를 내다볼 수 있었던 현자 피네우스Phineus가 자의에 의해, 보는 능력 대신 스스로 맹목을 선택했다는 사실 또한 기억해야 할 것이다. 모든 신화에서 시력을 잃은 예언가들을 깨달음으로 이끌어준 것은 빛이 아닌 진실이었다.

고대 이집트에서 영적 가르침을 좇는 선지자들은 암흑 속에서 의미를 깨우치고자 신전에서 하룻밤 묵으며 인큐베이션incubation(곤란에 처한 개인이 꿈을 통해 신의 계시나 도움을 얻을 목적으로 신성한 장소에서 잠을 자거나 밤을 보내는 관습-옮긴이)이라는 특별한 수면 의식을 치렀다. 이들은 오직 자신만 해독할 수 있는 진리와 메시지를 얻기를 바라며 인간 피뢰침이 된 듯 성스러운 땅에 누웠다.

인큐베이션을 위해 잠든 선지자는 경계의 영역에 들어서는데, 그곳에서는 꿈이 삼투압 현상을 일으키며 저승의

선한 힘과 악령을 선지자가 있는 이승으로 불러온다. 즉 인큐베이션은 더 높은 지식의 상징이자 많은 이가 애타게 원하는 '내면의 깨어남'을 얻고자 온갖 위험으로 가득 찬 문턱을 넘는 일이다.

우리 딸은 어릴 적 캐나다에 사는 할아버지로부터 크리 인디언Cree Indian의 드림캐처를 선물 받았다. 드림캐처는 가느다란 버드나무 가지를 엮어 만든 장식으로, 나뭇가지를 성기게 땋아 동그란 구멍을 만들고 그 안에 무지개색 실로 그물을 짠 다음 형형색색의 깃털과 구슬을 달아 완성한다. 딸이 선물 받은 드림캐처는 거대한 링 귀걸이처럼 보였다. 쿨쿨이와 나는 드림캐처가 좋은 꿈들을 건져 잠든 딸아이의 꿈속으로 경이로움과 기쁨을 전달해주기를 바라며 아이 침대맡에 달아주었다.

그 후 여러 해가 지나고 딸아이의 침실에서 드림캐처를 볼 때면 신비한 기운에 감화된다. 그리고 마치 의례인 양 드림캐처에 달린 깃털과 면사를 손끝으로 훑는다. 이토록 단순한 모양을 한 장식이 우주의 신비를 담고 있다는 것이 경이롭기만 하다. 고대 이집트인처럼 크리 인디언 역시 해몽을 일종의 기술로 여겼다. 우리가 꿈에서 발견하고자 하는 것은 실제로는 꿈 저편에 자리 잡은 지혜나 지식이기 때문이다. 꿈은 그저 운반책에 불과하다.

드림캐처는 어떤 이유에서인지 평화롭게 느껴진다. 둥글게 모여 하나 됨을 상징하거나 자연스럽게 응집된 형태 같은 특징들 덕분에 마치 근심 없이 차분하게 정돈된 정신 상태를 비유하는 것 같다. 그 어떤 의미도 없는, 솜털 뭉치나 가벼운 먼지 등이 굴러다니는 새까만 보이드. 근심 없는 정신 상태를 연상시키는 이 이미지는 뜬눈으로 새우는 밤이면 머릿속에서 실없는 생각들이 꼬리에 꼬리를 물며 벌이는 대환장 파티와는 정반대되는 그림이다.

6장

○

불면증을 앓으며 개인적 경험을 통해 한 가지 깨달은 사실이 있다. 불면증은 진실을 쫓겠다는 갈망에 사로잡힌 우리가 뜬눈으로 지새우는 밤에 무엇을 보는지에는 관심이 없다. 대신 우리가 그것을 '바라보는 방식'에 더 흥미를 느낀다. 여기서 말하는 대상을 어떻게 바라보느냐의 문제, 즉 관찰의 방식이란 우리 존재의 주변부 혹은 경계 너머에 집중하는 것이다. 또는 우리가 감당할 수만 있다면 헤시오도스가 "모든 것의 기원과 경계"가 병치된 곳이라고 묘사한 심연을 내려다보는 것이다.

프로이트는 의식과 무의식이 통찰력을 교환하는 방식을 설명하며 우리가 대상을 바라보는 방식이라는 문제에 대해 고찰했다. 그는 바라봄의 작동 원리를 파헤치는 동시에 본다는 행위는 필수 불가결하게 사각지대를 만들어낸다는 점 또한 잊지 않았다. 그는 낮에는 우리가 새로운 아이디어가 꼬리에 꼬리를 무는 방향으로 "축을 조종"하며 이 축이 "꿈-사고"와 접촉한다고 말했다. 이런 방식으로 낮과 밤이 서로에게 비옥한 토양이 되어준다. 그리고 이 과정에서 창의력이 탄생한다.

정신분석학이란 밤 시간대 뇌의 활동을 추적한 뒤 어둠에 가려져 있던 사실을 빛으로 끌어내는 작업이기에 근본적으로 불면 상태의 행위다. 그 점을 생각하면 위안이 된다. 그래서 내가 정신분석학에 끌리는지도 모른다.

개별적인 생각들 사이에 존재하는 구동축이 생각들을 창의적인 방식으로 짝짓거나 교접시키거나 병치시키는 방식에 대해 고심하노라면, 어쩔 수 없이 콜라주Collage 개념을 떠올리게 된다. 꿈은 마치 콜라주 작품 같다. 우리가 어떤 대상을 이해하는 방식 역시 그렇다. 우리의 뇌는 최말단의 감각에서 물질적 정보를 수집해 그 정보들에 구체적인 형태를 부여한다. 글쓰기 역시 머릿속에 떠오른 아이디어들을 처리하고 이를 행동으로 옮기는 상호작용 속에서 수백만 분의 1초마다 정신의 축을 조정하는 작업이기에 콜라주라고 할 수 있다. 글쓰기는 인풋과 아웃풋, 심사숙고와 발명의 순간 사이에서 역동적인 긴장감을 유지하는 작업이다.

찰스 시믹은 조셉 코넬Joshep Cornell에 대해 간결하지만 가장 우아한 비평을 남겼다. 그는 아티스트이자 큐레이터, 보석 사냥꾼인 코넬이 누구도 따라 할 수 없는 독창적인 기법으로 콜라주를 완성했다고 적었으며 "기존에 존재하는 이미지의 파편을 재구성해 새로운 이미지를 창조하는 콜라주야말로 20세기 가장 위대한 발명"이라고 평했다. 사물의 발견, 기회의 창조, 레디메이드 작품의 등장. 이런 순간들은 예술과 삶의 구분을 허물어버렸다. 시믹은 "사물을 제대로 감상할 줄 아는 혜안을 지녔다면 평범한 일상에서 기적을 발견할 것"이라고 말했다.

나는 시믹의 주장에 힘을 싣고 싶다. 일상이란 유심히 들여다보면 다채로운 요소들이 모여 만들어진, 유일무이하며 일시적인 사건이기 때문이다. 무엇보다 일상은 모든 것을 초월한다.

시인 헨리 데이비드 소로Henry David Thoreau는 1839년 미국 매사추세츠주 새들백산Saddleback Mountain에서 바로 그 기적적인 일상을 목격했다. 그는 땅거미가 질 무렵 나무가 우거진 산비탈을 올랐고, 해가 지기 전까지 하산할 방도가 없어 산 정상에서 잠을 청하기로 했다. 그는 윌리엄스타운 컬리지Williamstown College 관측소가 들어선 바윗길에 자리를 잡고 불을 피운 뒤 스크랩한 신문을 읽다 나무판자 아래서 잠들었다. 다음 날 아침, 그는 하나님을 봤다.

소로는 당시 상황을 묘사하면서 동이 틀 무렵 관측 탑

발치에 "안개가 대양처럼 펼쳐"지며 "땅의 흔적을 완전히 지워내는 동안 나는 운해 속에서 겨우 남은 세계의 파편이었던 나무판자를 타고 둥둥 떠 있었다"라고 기록했다. 날이 밝아오자 이전에 본 적 없던 눈부신 풍광이 눈앞에 펼쳐졌다. 촘촘하게 깔린 안개구름에는 틈이라고는 없었기에 매사추세츠나 버몬트, 뉴욕의 풍경이라고 말할 수 없었다. 그러나 "그 어느 방향으로 고개를 돌려보아도 구름은 시선이 닿을 수 있는 가장 먼 곳까지, 뒤덮은 땅의 지형에 따라 파도치듯 부풀어 올랐다 꺼지기를 반복했다. 꿈에서나 볼 법한 대지였으며 낙원이 선사하는 모든 기쁨이 깃들어 있었다. 광활한 초원 위에 쌓인 눈은 평평하게 다져져 있었고, 뿌옇게 보이는 산 사이로는 그림자가 드리운 계곡이 있었다." 구름 아래 깔린 땅은 "구름처럼 찰나에 사라질 빛과 그림자"인 반면 소로가 목도한 풍경은 "티끌이나 잡티, 불순물이라고는" 찾아볼 수 없는 순백의 신세계였다.

"나는 눈이 멀듯 황홀한 아우라의 언덕에 있었다." 소로에게 그 경험은 기적이자 특권이었다. "태양의 마차가 지나는 길에서, 이슬로 반짝이고 온화한 미소에 기뻐하며 모든 것을 놓치지 않고 보는 신의 눈길에" 들었던 경험은 그를 거대하게 만듦과 동시에 겸손하게 만들었다. 그는 산 아래 사는 사람들이 "천국으로 가는 길 아래로 드리운 어두운 그림자"만 봐야 한다는 사실이 안타까웠다.

소로가 이야기한 일상의 기적은 우연에 기인한 것이지만, 동시에 세상을 다른 각도에서 바라보려는 의지의 산물이기도 하다. 확대경을 들어 어느 곳을 바라볼 것인가에 따라 세상에 대한 고유의 관점을 형성하기에 다른 시선으로 세상을 바라보고자 하는 의지야말로 예술가의 심상을 깨우는 열쇠가 될 수 있다. 사선으로 기울어진 화면구성, 경계에서 잘라내기, 표준의 파괴, 겉으로 보이는 것 이면으로 파고들기. 그리고 바로 이 비스듬함, 기울어짐이 콜라주가 우리에게 주는 교훈이다.

콜라주는 산발적이고 임의적이면서도 서로 연관되어

있다. 하지만 작가는 그와 동시에 자신이 엄선한 재료를 통제하며 의미를 생산해낸다. 정신이 방향을 결정하는 프로이트의 축처럼, 콜라주는 일상 속 바라보기가 바라보는 대상만큼이나 바라보는 방식 또한 중요하다는 점을 시사한다. 적어도 콜라주는 우리의 시선을 이음매로 끌어당긴다. 콜라주는 시각적 병렬 배치든, 문학적 비유든[소설가 윌리엄 버로스_{Wiliam Burroughs}가 개발한 컷업_{cut-up}(종이 매체에서 서로 다른 형태의 글자를 도려낸 후 새롭게 조합하여 이미지를 만드는 기법-옮긴이)이나 폴드인_{fold-in}(종이를 접듯 매체 위에 연속적으로 나열된 글자나 기호의 배열을 깨뜨려 동떨어진 요소들을 이어 붙이는 기법-옮긴이)을 떠올려보면] 인식론적 가치를 지닌다.

사랑 역시 효과적으로 현실을 재현한다고 본다. 사랑은 사람들을 한데 모으고 서로의 삶이 얽히게 만들어 내면의 은밀한 세계를 변형시킨다.

나만의 재현에서는 쿨쿨이가 바로 새로운 세계다. 미래지향적이고 적극적이다. 나는 케케묵은 불안과 죄책감에 사로잡힌 유로파_{Europa}(그리스 신화 속 에우로페_{Europe}의 영어 이름. 고대 페니키아 도시 티레의 공주로 제우스와의 사이에서 세 아들을 낳았다-옮긴이)다. 쿨쿨이가 신중하고 실용적이라면 나는 우유부단하고 쓸데없는 걱정이 많다. 쿨쿨이는 창의력이 넘치고 나는 기력이 쇠했다. 그가 목표를 달성하기 위해 중요한 역할을 하는 동안, 나는 삶을 이루고 있는 겹겹의 막에 숨은 '막 속의 막'을 찾는 데 몰두한다. 우리는 서로의 낮이고 밤이다. 서로의 필요를 충족시킨다. 상호 보완적이다.

프랑스 철학자 장뤼크 낭시Jean-Luc Nancy는 잠의 의미를 연구하며 이런 경상 관계mirrored relations를 다음과 같이 묘사했다. "잠든 자는 깨어 있는 자의 품으로 파고들며 깨어 있는 자는 잠든 자의 주변을 맴돈다." 이 둘은 연인처럼 서로를 포개 안고 있다. 나는 쿨쿨이에게 바로 이 점을 전하고 싶다. 내가 그의 정수를 감싸 안고 있음을.

예전부터 마음챙김mindfulness에는 한계가 있다고 생각했다. 마음챙김은 현재에 너무 치중한 나머지 우리의 뇌가 과거와 미래, 삶의 경험과 앞날에 대한 예측 사이에서 점을 잇는 방식을 대수롭지 않게 여긴다. 뇌가 이런 경향이 있기 때문에 우리는 서사를 만들어내거나 자신이 살아온 족적으로 삶의 지도를 그려낼 수 있다. 마음챙김을 통해 한 가지 생각에 흔들림 없이 몰두하는 것이나 모든 상념으로부터 멀어지는 수련은 화장실의 두루마리 휴지를 향해 기도를 드리는 것과 비슷한 정도의 정서 고양 효과가 있다.

마음챙김이라는 단어를 떠올리면 머리가 반짝거리는 승려들의 이미지를 지울 수가 없다. 사프란으로 염색한 도포를 두른 극동의 승려가 연좌를 틀고 앉아 고요하게 합장한다. 완벽한 고요. 승려는(정성스럽게 가꾼 건강한 묘목처럼 단단한 물성이 있는 이들은) 이승에 존재하면서 동시에 속세를 초월해 일상의 근심과 걱정으로부터 온전히 자유롭다. 영겁의 세월 동안 눈을 감고 살짝 말린 어깨로 그 자세를 지켜온 것 같다. 반듯한 미간, 아주 희미하게 흔적만 남은 미소를 띤 그의 얼굴에는 고아한 평화가 느껴진다.

뜻이 높고 침착하다는 측면에서 승려는 계몽의 정의

그 자체다. 그의 머릿속엔 현이 하나뿐인 악기가 있을 것 같다. 줄을 튕기면 영원히 울리는, 청아하고 곧은 단 하나의 음계는 선불교의 가장 위대한 승려 틱낫한釋一行이 시 〈서로를 구하며Looking for Each Other〉에서 불렀던 "한 점으로 모인 정신"에 완벽하게 부합한다.

한 치의 모자람도 없이 평온을 이룬 모습에 매혹되느냐 묻는다면 그렇기도 하고 아니기도 하다. 내가 아무리 불교의 이상향인 깨달음의 평화에 끌린다 한들, 평화는 결국 영광스러운 공허가 아닌지 의심스럽기 때문이다. 불교가 추구하는 이상향은 우리가 궁극적으로 이르고자 하는 정신 상태가 넋을 놓을 때와 유사한, 초자연적인 침착함인 것처럼 느껴진다. 명상으로 열반에 이르는 일은 봄날의 대청소와 같다. 경이로움이 끝없이 이어지다 보면 결국은 경이에 둔감해지듯, 초월이란 결국 극복을 의미하는 것처럼 느껴진다.

마음챙김은 집 안을 정리 정돈하는 일과 꽤 닮은 구석이 있다. 한 가지에 집중하면서 속도를 낼 때 만족감을 느낀다는 점에서 유사하다고 할 수 있지만, 마음챙김에는 방향성이 없다. 마음챙김은 기존의 상태를 유지하기 위해 힘쓴다. 마음챙김은 세계를 변화시키지 않는다.

마인드 원더링mind wandering(규칙이나 제약 없이 떠오르는 대로, 마음 가는 대로 생각이 자유롭게 흐르는 상태-옮긴이)은 다르다. 마인드 원더링은 지루함이 극에 달했을 때 뇌가 즐거움을 얻기 위해 취하는 행위다. 또는 어두운 밤 갑자기 정신이 번쩍 들 때나 백일몽을 꾸고 있을 때 더 화려한 세계를 향해 거리낌 없이 질주하는 모습이다. 마인드 원더링은 자유연상이고 혁신이다. 마인드 원더링은 거침없이 달려 나가며 우리를 자신이 향하는 방향으로 끌어당긴다. 자유로이 방랑하는 정신은 날쌔고 가벼우며 무엇이든 결합하는 특성이 있다. 새로운 기회의 문을 열고 다채로운 프리즘에 우리의 사고를 투영한다. 마인드 원더링 상태에서 우리의 정신은 즉흥적이고 실수를 저지르며 허풍을 떨기도 한다. 그리고 유람한다. 바운더리를 무시한 채 함부로 선을 넘나든다. 불면증에도 이런 특질이 있다. 우리의 의식이 그 점을 닮을 수 있다면 좋을 텐데.

시간을 항해하는 나의 작은 선박, 그 배에 올라탄 우리 세 가족은 국경을 침범하기로 무언의 서약을 한 듯하다. 어떻게 생각해도 그렇게 보인다. 밤낮이 뒤섞인 내가 서툴게 시간을 헤쳐 나가는 동안 쿨쿨이는 대서양을 횡단하며 지나치는 모든 나라의 뒤통수에 대고 폭탄급의 문화충격을 선사한다. 가슴 속에 혁명의 열망이 싹튼 쿨쿨이는 자신을 멈출 수가 없다. 10대인 우리 딸은 다양한 젠더들 사이에 존재하는 비옥한 토양을 발견하고는 망명을 선언했다.

나는 여전히 수면으로 얻을 수 있는 재충전의 시간을 갈망한다. 깨어 있는 상태 저편에 존재하는 온전한 정신 상태를 갈망한다. 그만큼이나 선을 넘는 행위를 인지하고 감각하고 싶다. 부지불식간에 존재에서 무無로 미끄러지듯 흘러버리고 싶지 않다. 대신 변화와 침입의 행위에 가담자가 되고 싶다. 그에 따르는 흥분과 위험을 생생하게 느끼고 싶다. 칼끝을 걷듯 위험한 일인 것만은 분명하다. 그리고 이런 갈망을 해소하려면 불확실성을 포용할 수 있어야 한다.

나는 페넬로페가 경계를 넘는 용기를 보여준 상징적인 인물이라고 생각했다. 물론 그녀는 상징적인 존재다. 하지만 그녀보다는 밤이 찾아오면 총명함이 빛을 발했던 밤의 공주 셰에라자드Scheherazade의 영웅 서사에서 더 적합한 예시를 찾을 수 있을 것 같다. 페넬로페가 직면한 난관이 단순히 (속절없이 흐르는 시간의 공허함과 불확실한 미래, 남편에게 버림받았다는 사실에 기인한 가늠조차 할 수 없는 고통을) '견디는 법'을 찾아내는 것이었다면, 《아라비안나이트》의 셰에라자드는 더 거대한 난관 앞에서도 굴하지 않고 시간에 맞서 싸웠다.

《아라비안나이트》의 줄거리는 익히 알고 있을 것이다. 페르시아 왕이 나라에서 여성의 씨를 말리겠다는 기이한 인류 학살 작전을 펼치고 있었다. 그는 매일 밤 새로운 처녀와 함께 잠자리에 들었고, 새벽이 오면 부정을 저질렀던 전처에게 앙갚음하기 위해 처녀들의 목을 벴다. 그러다 자신을 이기고도 남을 맞수를 만났는데, 바로 셰에라자드였다. 죽음을 각오하고 자진해서 도전한 셰에라자드는 밤마다 왕에게 신비한 이야기를 하나씩 들려주며 그를 잠들게 했다. 그녀가 들려주는 이야기에 사로잡힌 왕은 결말을 알아내기 위해서라도 그녀를 죽일 수 없었다. 그렇게 천 번과한 번의 밤이 지나는 동안 셰에라자드는 이야기를 지어냈고 결국 왕은 패배를 인정하고 그녀에게 청혼했다(청혼했을 당시 왕과 셰에라자드 사이에는 이미 꽤 많은 자식이 있었다).

페넬로페가 희망의 탄생과 소멸을 상징하는 수의를 지었다면, 셰에라자드는 두려운 공허가 찾아오는 밤마다 자기만의 옷을 지었다. 셰에라자드는 창의력이라는 실타래에서 생생하고 극적인 이야기를 술술 풀어냈고 이야기의 완급을 조절해가며 매일 새벽 예고된 사형을 면했다. 그녀의 전략은 탁월했다. 그녀는 반복되는 일상의 패턴을 깨고 연속적인 흐름을 파괴했다. 그리하여 시간을 관장하게 된 것이다.

셰에라자드의 전략에 유일한 단점이 있다면 그녀는 잠들 수 없다는 것이다. 그리고 잠들지 않아야만 살아남을 수 있었다. 잠이야말로 그녀에겐 죽음의 동의어였다.

연금술에는 무에서 유를 창조하는 행위를 표현하는 단어가 있다. 정확히는 연금술사의 도가니에 다양한 물질(도마뱀의 꼬리, 큰 못이 박힌 부츠, 닭의 피, 기본 금속)을 넣고 섞은 뒤 철학자의 돌을 만들어내는 과정을 가리키는 단어, '니그레도nigredo'다. 이는 흑화시킨다는 뜻을 담고 있으며 제1질료prima materia가 부패한 상태를 묘사하는 데 쓰인다. 니그레도에 이른 물질은 '가장 검은색보다도 검다'고 알려져 있다. 어떤 물질이 니그레도 단계에 이르면 쓸모라고는 없는 상태라고 볼 수 있다. 하지만 부패 후에 정화 작용이 일어나듯 니그레도가 지나간 자리에는 '알베도albedo', 즉 빛의 탄생이 온다.

칼 융은 오랜 시간 연금술이라는 어둠의 기술 기저에

깔린 심리학적 의미를 설명했다. 그는 연금술을 개성화 individuation(융이 자기 속에서 전체화가 어떻게 이루어지는지 설명하기 위해 사용한 개념으로, 완전한 하나의 '나'가 되는 것-옮긴이) 과정의 비유로 이해했는데 따지고 보면 연금술도 일종의 계몽이 아닐까? 융은 니그레도 개념을 빌려 우리가 타인에게 무엇을 투영하는지 이해하고, 나아가 내면에 자리 잡은 어둠의 존재를 인지하는 것, 즉 그림자(융의 심리학 개념 중 하나로 의식적인 자아 자체가 식별할 수 없는 성격의 무의식적 측면-옮긴이) 작업의 중요성을 설명했다.

쉼을 모르는 정신만이 밤의 최면을 이겨낼 수 있으며 모든 것이 멈춘 상태에서도 잠에 빠질 것 같은 상태와 싸워 어둠에 적응할 수 있다.

니콜라이 아스트루프Nicolai Astrup와 같이 쉼을 모르는 정신. 20세기 초 노르웨이 화가 아스트루프는 엘스테르 벽화와 유사한 원초적 형태를 풍부한 색감으로 표현한 작풍으로 알려져 있다. 엘스테르는 노르웨이 서부의 한적한 지역으로 아스트루프가 유년 시절을 보낸 곳이다. 그는 오슬로와 베를린, 파리에서 공부하는 동안 (그가 생각하기에) 자기보다 뛰어난 화가들의 실력에 무력감을 느끼고 지친 마음으로 귀향했다. 그리고 47세의 나이로 짧은 생을 마칠 때까지 낙원과도 같았던 엘스테르에 머물렀다. 고향에서 지내는 동안 그는 산골 마을이나 피오르해안의 극적인 풍경에 사로잡혔고 주로 밤에 그 풍광을 강렬한 그림으로 담아냈다. 달빛이 내리는 호수에 비친 빙하나 어둠 속에서 기이하게 빛나는 샛노란 마리골드 들판, 그림자에 가려 등이 굽은 수상한 사람처럼 보이는 짚단 등. 어떤 풍경이라도 아스트루프의 어슴푸레한 팔레트를 거치면 익숙하면서도 낯설고, 묘하게 마법 같은 그림으로 탈바꿈했다.

아스트루프는 평생 천식에 시달렸기 때문에 밤마다 숨쉬기조차 버거웠으며 악몽에 시달려 잠들 수 없었다. 그는 습관처럼 거실 의자에 앉아 고개를 떨군 채로 잠들었다가도 질식 발작으로 깨나곤 했다. 그런 밤이면 그는 자리에서 일어나 밖으로 나갔다. 아스트루프는 친구였던 페르 크라메르Per Kramer에게 보내는 편지에서 자신이 달빛 아래에서 무얼 하며 바삐 지내는지 적었다. 잠들지 못하는 밤이면 그는 나무를 심거나 나무뿌리에 새 흙을 덮어주었고, 강에서 송어를 낚거나 라디오를 고치거나 그도 아니면 메모장을 들고 텅 빈 마을을 돌아다니며 가문비나무가 보여주는 초록색 그리고 빛과 꼬리가 긴 그림자의 특성을 연구하곤 했다.

나는 이 기이한 화가에게 묘한 동질감을 느꼈다. 우리는 외면적으로는 닮은 점이 하나도 없다. 그는 말도 안 될 정도로 크고 말랐으며 자세가 구부정했고 코가 뾰족했다. 그런 차이에도 나는 그가 밤을 연구하다 형이상학자가 되어버렸다는 점에 마음을 빼앗겼다.

작품에서 드러나듯이 아스트루프는 색과 정서에 집중했다. 그는 어둠 속에서 거의 초자연적인 방식으로 변하는 다양한 색상에서 눈을 뗄 수 없었다. 빛이 사라지면 파랑과 회색 계열의 색들은 은빛을 강하게 뿜어냈다. 초록 계열의 색들은 더 짙어졌으며 흰색은 희미해졌다. 어둠이

나무나 돌처럼 감각할 수 있는 물질들에서 자신의 모습을 드러냈다면 달빛이 흐르는 밤하늘은 그 자체로 빛이 났다. 아스트루프는 어느 현자의 말처럼 "어둠은 자연이 지닌 고유하고 신묘한 빛을 드러낸다"라는 걸 잘 알고 있었다. 밤이 보여주는 색은 그가 일생을 바쳐도 아깝지 않을 연구 주제였고, 그는 여기에 자신의 생을 바쳤다.

그에 비해 나의 쉴 줄 모르는 정신은 어떤가? 나를 어디로 데려가려는 것일까? 나는 무엇을 희생해야 할까?

솔직히 지금 당장은 잘 모르겠다. 하지만 이런 고민에 잠길 때면 나는 버스콧 공원을 방문했던 기억을 떠올리며 에드워드 번존스가 최면을 걸어오는 듯한 그림으로 무엇을 성취하고자 했는지 돌아보곤 한다.

그런데 그의 그림은 최면 효과가 있었을까? 패링던 가에는 번존스가 자신의 작품을 반드시 북향으로 전시해야 한다며 꽤 고지식한 태도로 일관했다는, 출처를 알 수 없는 이야기가 전해진다. 번존스는 남쪽에서 쏟아져 들어오는 직사광에 작품이 노출되는 것을 원하지 않았고 반사광을 고집했다. '회색빛'이라고 알려진 반사광은 직사광보다 더 진실한 색을 발현시키기 때문에 번존스는 작업실에서도 반사광이 들 때 작업했다. [코닥은 여전히 사진작가들이 색과 톤을 완벽하게 조정할 수 있도록 그레이 카드Grey card(촬영 시 정확한 노출값과 화이트 밸런스를 맞추기 위해 사용하는 회색 카드-옮긴이)를 생산한다.] 또한 번존스는 그림이 걸릴 버스콧 저택의 살롱에 신비한 분위기를 조성하기 위해 천장의 램프를 최대한 낮은 조도로 유지하도록 문서에 명시했다. 그는 관객들이 작품 앞에 섰을 때 충분히 시간을 들여 감상하길 바랐으며, 어두운 방에서 작품을 마주하고 조심스럽게 관찰할 수 있는 분위기를 조성하려 했다. 관객의 눈이 어둠에 적응할수록 작품의 더 많은 면을 눈에 담을 수 있게 된다. 관객은 어둠 속에서 더 풍부한 색감, 더 많은 디테일, 더 섬세한 뉘앙스를 발견하며 시인 키츠Keats가 '느린 시간'을 예찬하며 상상했을 다층적 이해로 넘어간다.

번존스의 작품에 담긴 다양한 뉘앙스를 살펴보면, 우

선 여러 작품에 걸쳐 등장하는 시간과 영원에 대한 비유가 있다. 그의 작품에는 모래가 흐르지 않는 모래시계와 태양을 등지고 선 해시계가 등장하기도 하고, 공주의 침실 장막에는 불멸과 시간의 영원성을 상징하는 공작과 '卍(만)' 자가 수놓아져 있다. 이 같은 상징물은 마법에 걸린 그림 속 공간의 시간이 더 이상 흐르지 않음을 암시한다. 하지만 그의 작품 중 두 점에는 반쯤 가려진 아주 작은 창문이 배경에 그려져 있고, 그 창 뒤로 활기를 띠며 빛을 발하고 있는 실제 세계 혹은 살아 움직이는 세계가 있다. 결국 번존스의 그림에는 아직 심장이 뛰는 인물이 존재한다. 그는 우리에게 무엇을 말하고 싶었던 것일까?

번존스의 그림이 세상에 알려진 1890년, 잡지 〈펀치 Punch〉는 신랄한 만화를 한 편 실었다. '들장미 뿌리의 전설 The Legend of the Briar-Root'이라는 제목의 그 만화는 번존스의 〈들장미〉 시리즈에서 착안한 작품이라고 알려졌다. 건조한 네 컷 만화 속에는 〈들장미〉 시리즈의 주인공들이 똑같이 등장하며 아편에 취해 사지를 늘어뜨린 채 잠들어 있다. 마치 윌리엄 모리스가 잠든 처녀들을 노래한 이행시가 들리는 듯하다. "아가씨들은 담배를 태울 파이프를 찾았다: 모두 담배를 피우고, 지금은 하나같이 죽은 듯 누워만 있다." 만화는 독자들이 들장미의 단단한 뿌리가 담배 파이프 장식으로 자주 쓰인다는 사실을 알고 있을 거라 상정하고, 잠든 아가씨는 사실 마법이 아니라 약에 취해 있는 것이라고 암시한다. 당시 아편은 휴식 요법의 일부였을 뿐만 아니라 화학 마취제와 치료용 약제로도 사용되었기에 어떤 이유로든 잠든 여성의 모습은 사회가 물질문화의 노예로 전락한 상황을 상징했다.

번존스는 바로 그 사회를 일깨우고 싶었던 것이다. 누구인들 그러고 싶지 않았을까?

'도그 로즈dog rose'라고도 불리는 들장미는 가시가 많고 공격적인 성향의 나무라 가정에서 정원용 묘목으로 키우는 일은 거의 없다. 게다가 순화된 변종들에 비해 개화 시기도 짧아 1년에 딱 2주 동안 꽃이 핀다. 찰나 같은 2주 동안 들장미는 여린 분홍색 꽃을 피우는데, 달콤한 사과 향이 사랑스러워 웨딩 부케에도 자주 쓰인다. 다시 번존스의 작품을 들여다보자. 그가 그린 들장미는 전부 만발했다. 점점이 만개한 분홍 들장미는 달콤한 사탕 같은 행복을 선사한다. 하지만 들장미가 꽃을 피운(깨어난!) 이유는 왕자가 미래의 신부를 구하러 왔기 때문일까? 아니면 저 너머의 세계가 존재한다는 사실을 일깨워주기 위해 영원의 빛을 발하며 지지 않을 꽃을 틔운 것일까?

어쩌면 만발한 장미는 모든 마법 속에는 이제 막 깨어난 아기 새 혹은 신의 묵시가 형상화되어 몸을 웅크리고 있다는 메시지일지도 모른다.

번존스의 작품은 그림 속에서 발현된 작가의 무의식이 원래의 의도와는 동떨어진 내용으로 해석되는 것일 수도 있다. 하지만 그가 관객들에게 선사하고 싶었던, 어둠에 적응하는 경험은 그가 자신의 의도대로 고안한 것이라고 믿고 싶다. 왜냐하면 그런 감상 방식은 관객을 특정 방향으로 유도하는 장치로 작용해, 아무리 잠시라고 해도 모든 관객이 각자의 방식으로 계몽의 순간을 경험할 수 있기 때문이다. 관객들은 계몽의 경험을 통해 자아를 깨우고 잠재력을 발휘할 수도 있다. 아니면 사람들을 결집해 혁명을 도모하고 촉발하거나, 불확실성을 포용하고 변화를 기꺼이 반기는 사람이 될 수도 있다.

나의 삶에도 이런 변화를 불러일으키고 싶다. 단절과 고통을 전화위복의 기회로 삼아, 빛의 칼로 어둠에 무수한 구멍을 내고 싶다.

이것이 불면의 노래이며, 나는 기꺼이 노래할 것이다.

참고 문헌

주요 문헌

Elizabeth Bronfen, *Night Passages, Philosophy, Literature and Film* (Columbia University Press, New York, 2013).

Eluned Summers-Bremner, *Insomnia: A Cultural History* (Reaktion Books, London, 2008).

더 알아보기 위한 문헌

Gwyneth Lewis, *Sunbathing in the Rain: A Cheerful Book About Depression* (Flamingo, London, 2002).

Tom McCarthy, *Satin Island* (Alfred A. Knopf, New York, 2015).

Maggie Nelson, *Bluets* (Wave Books, Seattle, 2009).

Charles Simic, *Dime-Store Alchemy* (Ecco Press, Hopewell, N.J., 1992).

그 외 문헌

Gaston Bachelard, *The Poetics of Space* (1958). New edition (Beacon Press, New York, 1992).

Gennady Barabtarlo, ed., *Insomniac Dreams: Experiments with Time by Vladimir Nabokov* (Princeton University Press, Princeton, N.J., 2017).

A. Marshall Barr, Thomas B. Boulton, and David J. Wilkinson, eds., *Essays on the History of Anaesthesia*, International Congress and Symposium Series 213 (Royal Society of Medicine Press, London, 1996).

Matilda Bathurst, 'Northern Light' Review of Nikolai Astrup exhibition at Dulwich Picture Gallery, 2016, *Apollo Magazine*, vol. 640, no. 1, pp. 196-97.

Charlotte Beradt, *The Third Reich of Dreams: The Nightmares of a Nation, 1933-1939* (1966), translated by Adriane Gottwald (Aquarian Press, London, 1985).

Elizabeth Bishop, 'Crusoe in England'. from *Complete Poems*, with a new Introduction by Tom Paulin (Chatto & Windus, London, 2004), pp. 162–66.

Robin Blackburn, *The Making of New World Slavery: From the Baroque to the Modern, 1492–1800* (Verso, London and New York, 1997).

Claes Blum, *Studies in the Dream-Book of Artemidorus* (Almqvist and Wiksells, Uppsala, Sweden, 1936).

Roberto Bolaño, 'The Worm'. in *The Romantic Dogs*, translated by Laura Healy (New Directions, New York, 2008).

Georgiana Burne-Jones, *Memorials of Edward Burne-Jones*, with a new Introduction by John Christian, vol. 2, 1868–1898 (Lund Humphries, London, 1993).

Blake Butler, *Nothing: A Portrait of Insomnia* (Harper Perennial, New York, 2011).

Susan P. Casteras, *Images of Victorian Womanhood in English Art* (Fairleigh Dickinson University Press, London and Toronto, 1987).

Nancy Cervetti, *S. Weir Mitchell, 1829–1914: Philadelphia's Literary Physician* (Penn State University Press, University Park, 2012).

William Gervase Clarence-Smith and Steven Topik, eds.,

The Global Coffee Economy in Africa, Asia, and Latin America, 1500–1989 (Cambridge University Press, New York, 2003).

Stephen Cushman, 'Make the Bed'. in *Cussing Lesson* (Louisiana State University Press, Baton Rouge, 2002), p. 22.

Cynthia J. Davis, *Charlotte Perkins Gilman: A Biography* (Stanford University Press, Stanford, California, 2010).

Galya Diment, 'Nabokov and Epilepsy'. *Times Literary Supplement*, August 3, 2016, www.the-tls.co.uk/articles/public/sudden-sunburst.

Roger Ekirch, *At Day's Close: A History of Nighttime* (W. W. Norton, New York, 2005).

Sigmund Freud, *The Complete Introductory Lectures on Psychoanalysis*, translated and edited by James Strachey (George Allen & Unwin, London, 1971).

Charlotte Perkins Gilman, *The Living of Charlotte Perkins Gilman: An Autobiography* (1935), introduction by Ann J. Lane (University of Wisconsin Press, Madison, 1990).

Charlotte Perkins Gilman, *The Diaries of Charlotte Perkins Gilman*, vol. 1 (1879–1887), vol. 2 (1890–1935), ed. Denise D. Knight (University of Virginia Press, Charlottesville,

1994).

Gayle Greene, *Insomniac* (University of California Press, Berkeley, Los Angeles, and London, 2008).

Sasha Handley, *Sleep in Early Modern Europe* (Yale University Press, New Haven, 2016).

Homer's Odyssey, ed. Lillian E. Doherty, Oxford Readings in Classical Studies (Oxford University Press, 2009).

J. Donald Hughes, 'Dream Interpretation in Ancient Civilizations'. *Dreaming*, vol. 10, no. 1 (2000), pp. 7-18.

Carsten Jensen, 'Life's Detours: A Portrait of Nickolai Astrup as a Comic-Strip Character'. in *Nikolai Astrup, Dream-Images*, translated by John Irons and Francesca M. Nichols (exhibition catalogue, Gl. Holtegaard) (Narayana Press, Copenhagen, 2010), pp. 114-19.

Maria Konnikova, 'Why Can't We Fall Asleep?' *The New Yorker*, July 7, 2015, followed by 'The Work We Do While We Sleep' and 'The Walking Dead'. also in July 2015.

Peretz Lavie, *The Enchanted World of Sleep*, translated by Anthony Berris (Yale University Press, New Haven and London, 1996).

Anne Leonard, *The Tragic Muse: Art and Emotion, 1700-1900* (Smart Museum of Art, University of Chicago Press, 2011).

Penelope A. Lewis, *The Secret World of Sleep: The Surprising Science of the Mind at Rest* (Palgrave Macmillan, London, 2013).

Øystein Loge, *Nikolai Astrup: Betrothed to Nature*, translated by Francesca M. Nichols (Det Norske Samlaget and DnB NOR Savings Bank Foundation, Oslo, 2010).

Rowland Manthorpe, 'Mind-Wandering: The Rise of an Anti-mindfulness Movement'. *The Long+Short*, December 10, 2015, thelongandshort.org.

Fiona McCarthy, *The Last Pre-Raphaelite: Edward Burne-Jones and the Victorian Imagination* (Faber & Faber, London, 2011).

Sidney Mintz, *Sweetness and Power: The Place of Sugar in Modern History* (Viking Press, New York, 1985).

Rubin Naiman, 'Falling for Sleep'. *Aeon*, July 11, 2016.

Jean-Luc Nancy, *The Fall of Sleep*, translated by Charlotte Mandell (Fordham University Press, New York, 2009).

Sanjida O'Connell, *Sugar: The Grass That Changed the World* (Virgin Books, London, 2004).

Mary Oliver, *New and Selected Poems*, *Volume One* (Beacon Press, Boston, 1992), p. 181.

Jeremy Over, 'It's Alright, Students, Not to Write: What Ron

Padgett's Poetry Can Teach Us'. *Writing in Education*, vol. 71, NAWE Conference Collection 2016 (2), pp. 39-44.

Ruth Padel, *In and Out of the Mind: Greek Images of the Tragic Self* (Princeton University Press, Princeton, NJ., 1992).

Ruth Padel, *Whom Gods Destroy: Elements of Greek and Tragic Madness* (Princeton University Press, Princeton, NJ., 1995).

Cristina Pascu-Tulbure, 'Burne-Jones's Briar Rose: New Contexts'. *English, the Journal of the English Association*, vol. 61, no. 233, pp. 151-75.

S. F. R. Price, 'The Future of Dreams: From Freud to Artemidorus'. *Past and Present*, vol. 113 (1986), pp. 3-37.

David K. Randall, *Dreamland: Adventures in the Strange Science of Sleep* (W. W. Norton, New York, 2013).

Jennifer Ratner-Rosenhagen, 'American Dreaming 3.0'. *Aeon*, May 25, 2017.

Benjamin Reiss, *Wild Nights: How Taming Sleep Created Our Restless World* (Basic Books, New York, 2017).

Rumi, *Selected Poems* (Penguin Classics, London, 2004).

Oliver Sacks, *Awakenings* (1973; new rev. ed., Harper Perennial, New York, 1990, and Picador, London, 1991).

Elaine Showalter, *Hysteries, Hysterical Epidemics and Modern Culture* (Columbia University Press, New York, and Picador, London, 1997).

Lisa Russ Spar, ed., *Acquainted with the Night: Insomnia Poems* (Columbia University Press, New York, 1999).

Kasia Szpakowska, 'Nightmares in Ancient Egypt'. in *Études d'archéologie et d'histoire ancienne*, Collection de l'Université de Strasbourg, Actes des journées d'étude de l'UMR 7044 (Strasbourg, November 2007), pp. 21-39.

David Henry Thoreau, *A Week on the Concord and Merrimack Rivers*, ed. Carl F. Hovde, William L. Howarth, and Elizabeth Hall Witherell, with a new introduction by John McPhee (Princeton University Press, Princeton, N.J., 2004).

Marina Warner, *From the Beast to the Blonde: On Fairy Tales and Their Tellers* (Chatto & Windus, London, 1994).

Stephen Wildman and John Christian, *Edward Burne-Jones, Victorian Artist-Dreamer*, with essays by Alan Crawford and Laurence des Cars (Metropolitan Museum of Art, New York, 1998).

Emily Wilson, *The Odyssey* by Homer, a new translation (W. W. Norton, New York, 1917).

John J. Winkler, *The Constraints of Desire: The Anthropology of Sex and Gender in Ancient Greece* (Routledge, New York and London, 1990).

Lawrence Wright, *Warm and Snug: The History of the Bed* (Routledge & Kegan Paul, London, 1962).

감사의 말

이 책을 집필하고 있다고 이야기하자마자 솔깃한 소재들을 들려주고, 원고에서 유용하게 쓸 수 있도록 새로운 맥락에서 시를 소개해주고, 나 혼자서는 절대 발견할 수 없었을 학술서를 알려준 분들이 있다. 이런 선물과도 같은 호의를 베풀어준 헤더 다이어Heather Dyer, 앤 골드거 Anne Goldgar, 줄리아 코퍼스Julia Copus, 웬디 몽크하우스Wendy Monkhouse, 티나 페플러Tina Pepler, 엠마 크라이튼 밀러Emma Crichton Miller, 제러미 오버Jeremy Over, 조앤 림버그Joanne Limberg, 주드 쿡Jude Cook, 마이클 마머Michael Marmur, 나이절 워버튼 Nigel Warburton, 샐리 데이비스Sally Davies, 스콧 웨이트먼Scott

Weightman, 서맨사 엘리스Samantha Ellis에게 감사의 인사를 전한다.

옥스퍼드셔의 버스콧 공원을 방문했을 때 환대해주고 관대한 마음으로 에드워드 번존스에 대한 열성적인 애정과 지식을 기꺼이 나눠 준 로저 블리토스Roger Vlitos에게도 감사한다. 번존스의 작품을 원작이 걸린 곳에서 감상하고 그의 삶과 작품에 대한 일화를 들을 수 있어 영광이었다. 베르겐 국립미술관의 시구르 산드모Sigurd Sandmo와 토베 헤우스뵈Tove Hausbø는 단순히 내 요청을 들어주는 것 이상으로 아카이브를 파헤쳐가며 니콜라이 아스트루프 문서를 뒤져 흥미진진한 메모나 서한들을 전해주었다(현재 영어로 번역 중이다).

나와 함께 문예창작 수업을 지도하고 있으면서 수면 치료를 견뎌낼 수 있도록 힘을 준 불면증 동지, 티나 페플러와 애나 베이커Anna Barker에게도 고마움을 전한다. 이 책에 우리가 함께 겪은 일들을 내 방식으로 풀어냈는데 실례가 되지 않기를 바란다. 브리짓 하인스Brigid Hains는 이 책의 첫 독자가 되어주었다. 새 책의 첫 독자로 그보다 더 통찰력 있고 세심한 사람은 또 없을 것이다. 초기 단계부터 집필을 응원해준 레베카 카터Rebecca Carter와 엠마 패리Emma Parry에게도 고맙다는 인사를 하고 싶다. 출판사 스크라이브Scribe의 필립 그윈 존스Philip Gwyn Jones와 출판사 캐터펄트Catapult의 팻 스트래천Pat Strachan 역시 나의 실험적 도전을 전적으로 믿어주었다. 홍보 천재 사라 브레이브룩Sarah Braybrooke과 에린 코트케Erin Kottke에게도 감사한다.

다양한 분들이 허락해준 덕분에 이 책에 여러 시를 전재할 수 있었다. 시인 스티븐 쿠시먼이 친절히 응해준 덕분에 시 〈침대를 정리하며Make the Bed〉의 일부를 실을 수 있었다. 책 앞에 등장하는 마리나 츠베타예바의 〈불면증〉한 연은 일레인 파인스타인Elaine Feinstein이 번역한 버전으로, 그의 책 《얼음 신부Bride of Ice》에 등장한다. 영국 맨체스터에 있는 카카넷Carcanet 출판사에 승인을 받아 이 책에 실을 수 있었다. 〈영국의 크루소〉는 앨리스 H. 메스페셀 재단Alice H. Mathfessel Trust에서 저작권을 소유한 엘리자베스 비숍의 시집《시Poems》에서 발췌했다. 간행사와 편집은 출판사 파라, 슈트라우스 앤드 지로Farrar, Straus and Giroux에서 저작권을 소유하고 있으며 해당 출판사의 허가를 받아 인용했다. 해당 시는 출판사 샤토 앤드 윈더스Chatto & Windus에서 출판한 엘리자베스 비숍의 시집《시》에도 등장하며 랜덤 하우스 그룹Random House Group의 승인을 받아 사용했다.

옮긴이의 말

마리나 벤저민의 《나의 친애하는 불면증》은 내가 만나본
어떤 문장들보다 옮기기 어려웠다. 그 폭과 깊이를 온전
하게 헤아리기 힘들었기 때문이다. 책의 제목은 재귀적
예언이었을까? 번역 작업을 하는 동안 저자의 풍부하고도
아름다운 통찰에 발맞춰 걷기는커녕 뒤쫓기도 역부족이
라는 생각에 마음이 어려워 잠을 설치기도 했다. 그럴 때
면 마음이 머물던 그의 문장들을 곱씹었다.

　오랜 시간 불면증을 앓아온 저자는 흡사 연구자와 같은
거리감을 유지하며 불면증의 정의와 어원으로 글을 연다.
그리고 역사, 문화, 의학, 예술의 영역에서 자신과 비슷한

상태에 맞닥뜨린 이들을 발견한다. 불면증이 밤과 잠이라는 가장 사적인 영역에서 우리의 일상을 뒤흔드는 불청객이라는 점을 고려해보면, 자신을 고통스럽게 하는 존재에 대해 격한 감정보다 객관성을 유지하며 연구자의 태도로 대상에 접근하기란 쉽지 않았을 터. 단순히 잠에 대한 원망이나 갈망하는 감정적 상태를 넘어 불면의 기원으로 거슬러 올라가기까지 숱한 밤, 짙은 어둠과 희게 샌 시간을 그는 지나왔으리라.

이름의 역사만큼이나 유구한 갈망. 모두가 당연하게 누리고 있지만 나의 일상에서만 사라진 조각. 급작스럽게 찾아와 아주 자연스럽게 삶에 스며든 이 부자연스러운 적敵은 잠을 앗아간 대가로 작가만이 볼 수 있는 밤의 세계를 열어주었다. 깊고 끈적이며 음습하지만 한편으로는 무한하고 황홀한 무아지경의 시공간으로 느껴지는 밤의 세계는 저자가 불면증을 개인적 경험이나 병리학적 증상 이상의 현상으로 바라볼 수 있는 새로운 등불이 되어준 듯하다. 잠과 잠의 부재에 대한 저자의 고찰은 그리스 · 로

마 신화, 고전문학, 심리학, 의학, 미술의 영역을 넘나든다.

특히 저자는 불면증과 여성의 관계에 대해 흥미로운 이야기를 들려준다. "죽음과 동의어"였던 잠을 이겨내며 천 일하고도 하루를 더한 밤 동안 이야기를 지어냈던 셰에라자드, 해가 떠 있을 때 짠 수의를 밤이면 다시 풀어 실타래를 감았다던 페넬로페, 휴식 치료로 인해 이성의 끈을 놓칠 뻔했던 샬롯 퍼킨스 길먼, 번 존스의 작품에 등장하는 잠든 여성 인물들까지, 저자는 다양한 서사와 기록 속에서 불면증을 치료한다는 명목 아래 고문에 가까운 학대를 받았거나 차별과 낙인 같은 사회적 폭력으로 불면증이 깊어진 여성을 발굴해 불면증의 정체와 그 존재가 갖는 의미에 대해 재고하게 한다.

나 역시 내 위치에 대한 극심한 불안과 나의 자격, 쓸모를 증명해내야 한다는 압박으로 불면증에 시달렸던 시기가 있었다. 그들처럼 내게도 잠을 이룰 수 없는 밤은 치열한 시간이었다. 어떤 밤은 존재와 생존, 자아를 위협하는 모든 것(여기에는 자아도 포함되어 있다)과 맞서야 하는 전장이었고, 또 어떤 밤은 전투를 회고하며 나를 재정렬하는 정비의 시간이었다. 잠이 사라지면서 낮과 밤의 경계도 사라졌고, 의식이 깨어 있는 한 하루도 끝날 줄 몰랐다. 잠깐눈을 붙인다 해도 의식의 전원이 내려지지 않아 잠결에도보초를 서는 초식동물처럼 신경이 바짝 곤두서 있었다.

약물 치료와 상담 덕분에 지금은 예전보다 규칙적인 수면패턴을 유지하고 있다. 세상을 감각하는 능력까지 조금둔감해지고 순해진 것 같아 그 시절의 예민함이 그리울때도 있지만 신경의 날이 뭉툭해지는 과정에서도 신기한현상을 관찰할 수 있었다.

예를 들면 어느 시간대에 병원에 가든 대기실에는 늘두세 명 정도가 진료를 기다리고 있는데, 대기자 열에 아홉은 여자라는 점이다. 여성 전문 병원도 아니고 딱히 여성 친화 마케팅을 하는 병원도 아닌데(일단 정신건강 의원이스스로 적극적으로 홍보하는 경우를 본 기억이 없다) 병원 대기실에는 늘 여자들이 많았다. 불면증의 경우 실제로 여성이 남성보다 불면증 유병률이 1.5배 높다고 한다.[*] 남성에 비해 휴식을 취하기 어렵고 긴장 상태가 지속되기 때문이라고. 병원에 다니며 관찰한 바로는 치료에 대한 적극도 역시 여성에게서 훨씬 높게 나타나는 것 같다. 같은 시간, 같은 병원에서 상담을 기다리고 있지만 사연도 증세도 다 다를 여성 환자들을 볼 때면 용감한 사람들과 함께하고 있다고 느꼈다. 자신에게 벌어지고 있는 일을 최대한 정확하게 인지하려고 애쓰며, 좋든 싫든 인정하고 개선 방안을 찾아 나선 사람들 사이에 앉아 있으면 묘한 공동체 의식도 느껴졌다. 병명이나 정도는 다를지언정 우리 모두 각자의 전투를 펼치고 있다는 사실은 위안이 되었다.

이 책을 읽을 때도 그랬다. 사는 곳도, 하는 일도, 만나는 사람도, 쓰는 언어도 다르지만 나와 비슷한 투쟁을 거

● "원래 애는 엄마 갈아 넣어 키운다? 여성의 불면, 수면 위로 올릴 때", 〈한겨레〉, 2022년 1월 5일, https://www.hani.co.kr/arti/society/women/1026011.html.

쳐온 불면의 동지. 심지어 나와 비교하는 것이 민망할 정
도로 박학다식한 사람도 나처럼 불면의 밤이면 궁상맞은
편지를 쓴다니. 나의 쓸모와 자격을 의심하는 밤, 이보다
더 큰 위안이 어디 있겠는가. 독자 여러분도 이 책을 통해
그런 위안과 용기를 얻을 수 있기를 바란다.

김나연

잠 못 이룬 날들에 대한 기록
나의 친애하는 불면증

제1판 1쇄 인쇄 | 2022년 4월 19일
제1판 1쇄 발행 | 2022년 5월 2일

지은이 | 마리나 벤저민
옮긴이 | 김나연
펴낸이 | 오형규
펴낸곳 | 한국경제신문 한경BP
책임편집 | 김종오
교정교열 | 김순영
저작권 | 백상아
홍보 | 이여진 · 박도현 · 하승예
마케팅 | 김규형 · 정우연
디자인 | 지소영
본문디자인 | 디자인 현

주소 | 서울특별시 중구 청파로 463
기획출판팀 | 02-3604-590, 584
영업마케팅팀 | 02-3604-595, 583 FAX | 02-3604-599
H | http://bp.hankyung.com E | bp@hankyung.com
F | www.facebook.com/hankyungbp
등록 | 제 2-315(1967. 5. 15)

ISBN 978-89-475-4816-8 03840